डोपामाइन डिटॉक्स

डोपामाइन डिटॉक्स

निक ट्रेंटन

अनुवाद : अम्बुज कुमार खरे

MANJUL

मंजुल पब्लिशिंग हाउस

MANJUL

मंजुल पब्लिशिंग हाउस

कॉरपोरेट एवं संपादकीय कार्यालय

• द्वितीय तल, उषा प्रीत कॉम्प्लेक्स, 42 मालवीय नगर, भोपाल-462 003

विक्रय एवं विपणन कार्यालय

• सी-16, सेक्टर 3, नोएडा, उत्तर प्रदेश, 201301

वेबसाइट : www.manjulindia.com

वितरण केन्द्र

अहमदाबाद, बेंगलुरू, कोच्चि, कोलकाता, चेन्नई,
हैदराबाद, मुम्बई, नई दिल्ली, पुणे

निक ट्रेंटन द्वारा लिखित मूल अंग्रेजी पुस्तक
डोपामाइन डिटॉक्स का हिन्दी अनुवाद

Dopamine Detox – Biohacking Your Way to Better Focus, Greater Happiness, and Peak Performance by Nick Trenton – Hindi Edition

यह हिन्दी संस्करण 2025 में पहली बार प्रकाशित

ISBN 978-93-5543-951-2

अनुवाद : अम्बुज कुमार खरे

टाइपसेटिंग : डीजीअल्ट्राबुक्स प्रा. लि., नई दिल्ली

मुद्रण व जिल्दसाज़ी : थॉमसन प्रेस (इंडिया) लिमिटेड

विषय सूची

भाग 1 डोपामाइन और आपका दिमाग़ 1

1. अपनी एकाग्रता को वापस लें 11

2. एक ऐसी डिटॉक्स जो सब खत्म कर दे 20

भाग 2 वो खाना जो हमें ऊर्जा से भरपूर रखता है 65

3. जीवन के लिए ईंधन 69

4. अपने पोषण को हल्के से प्रेरित करें 88

भाग 3 पर्याप्त नींद लेकर शिखर तक पहुँचने की कला 107

5. नींद का सच्चा महत्त्व 110

6. पक्की और गहरी नींद लें 122

सारांश 141

लेखक परिचय 149

अनुवादक परिचय 150

भाग I

डोपामाइन और आपका दिमाग़

हर एक व्यक्ति जो यह किताब पढ़ रहा है, उसमें एक चीज़ तो कॉमन है कि–हम सबके पास एक जैविक शरीर है। लेकिन एक और चीज़ है जो शायद कुछ के पास हो और कुछ के पास न हो : अपनी सेहत और शरीर के बारे में सोचने-समझने की चेतना। यह जागरूकता हमें अपनी ज़िंदगी को बेहतर बनाने के लिए स्मार्ट क़दम उठाने की ताक़त देती है, चाहे हमारा शरीर कैसा भी हो।

"जैव-हैकिंग" (बायोहैकिंग) का मतलब है अपने शरीर को जैविक रूप से बेहतर बनाना, संतुलित या निखारने की कोशिश करना। पहले ज़माने में जैव-हाइकर्स अपने देसी जुगाड़ स्टाइल में पाइथी (ड्रग्स), जीन शेप या शरीर को हिलाने-डुलाने वाले तजुर्बों के लिए मशहूर थे जो बिल्कुल सामान्य साइंस और शॉट्स से बाहर थे। लेकिन अब तो आम लोग भी इस गेम में कूद पड़े हैं–वो साइंस का यूज़ करके अपनी कुदरती डेन को और चमकाने में लगे हैं।

आने वाले अध्यायों में हम तीन बड़े विषयों में जैव-हैकिंग की कला को खंगालेंगे और कई रोज़मर्रा के तरीक़े बताएँगे जिनसे आप इन सिद्धांतों को अपनी ज़िंदगी में अपना सकते हैं। अच्छी बात? आपको अपनी ज़िंदगी, मूड, दिमाग़ी ताक़त, आत्म-अनुशासन या कुल मिलाकर जोश को बदलने के लिए पागलपन करने की ज़रूरत नहीं है। चाहे बात अच्छी नींद के रूटीन और सही पूरकों की हो या फिर डोपामाइन तंत्र को पूरी तरह रीस्टार्ट करने की, हम यहाँ और अभी आपकी ज़िंदगी को लाजवाब बनाने के लिए आसान और आज़माए हुए तरीक़े खोजेंगे।

अगर आप अपनी ज़िंदगी को एकदम झक्कास करने के लिए बस एक चीज़ कर सकें, तो वो क्या होगी? बाज़ार में ढेर सारी किताबें हैं–आत्म-अनुशासन,

काम की रफ़्तार, आत्म-सम्मान, मक़सद भरी ज़िंदगी, भावनात्मक मज़बूती और ना जाने क्या-क्या। लेकिन क्या हो अगर इन सारे बर्तावों, नज़रियों और सोच के पीछे एक कॉमन चीज़ हो? हाँ, बिल्कुल। शायद एक ऐसी ज़िंदगी जो अनुशासित, केंद्रित, जोशीली और संतुलित हो, उसका सीक्रेट बस एक चीज़ है : **डोपामाइन**।

जैसे-जैसे न्यूरोसाइंटिस्ट्स हमारे मूड, सोच और बर्ताव के शारीरिक कारणों को और गहराई से समझ रहे हैं, यह साफ़ हो रहा है कि ज़िंदगी में कोई बड़ा बदलाव लाने के लिए हमें अपने शरीर को भी बदलना होगा। एक जैव-हैकर के लिए दिमाग़ी रसायन–हॉर्मोन्स और दिमाग़ में बिजली के तार–किसी कंप्यूटर के प्रोग्रामिंग जैसे हैं। अगर हम अपने शरीर के पीछे के कोड को फिर से लिख सकें तो हम अपने चलने वाले प्रोग्राम्स को कंट्रोल कर सकते हैं।

डोपामाइन का इंसानी तजुर्बे पर असर समझने के लिए थोड़ा नज़रिया बदलना पड़ेगा। अपने आप को मशीन और उसका प्रोग्रामर दोनों समझिए–आप अपनी ज़िंदगी को समझ-बूझकर कंट्रोल कर सकते हैं, बशर्ते आप इसके चलने के नियम समझ लीजिए। आसान शब्दों में, दिमाग़ एक रसायनिक मशीन है जो कई हॉर्मोन्स और न्यूरोट्रांसमिटर्स के हिसाब से चलती है, जिन्हें आप शरीर के लिए रसायनिक दूत या निर्देश समझ सकते हैं। सचमुच में, ये आपकी हक़ीक़त का ठोस रूप हैं। मिसाल के लिए, हर बार जब आप प्यार, निराशा, डर या चिढ़न महसूस करते हैं, आपके शरीर की एक ख़ास रसायनिक हालत होती है जो उस तजुर्बे से जुड़ी है। सोचिए, अगर इस हालत को बदल सकें तो हम कोशिश करके अपने तजुर्बे को भी बेहतर बना सकते हैं। असल में, आने वाले सारे अध्यायों में हम किसी-न-किसी तरह अपने दिमाग़ी रसायनों के साथ काम करेंगे, चाहे जानबूझकर हो या अनजाने में।

दिमाग़ में काम करने वाले मुख्य रसायनों में से एक है डोपामाइन, जो मज़े, जोश, इनाम और ढेर सारी चीज़ों से जुड़ा है। काफ़ी वक़्त तक डोपामाइन को बस "इनाम का रसायन" माना जाता था। यह पूरी तरह

ग़लत नहीं है, लेकिन अब हमें पता है कि यह इनाम की उम्मीद के साथ ही और कुछ ज़्यादा, कुछ बेहतर की तलाश से अधिक जुड़ा है। डोपामाइन तब सक्रिय होता है जब हमें कोई आश्चर्य मिलता है–कोई अनपेक्षित मज़ा जो हमें ख़ुशी से भर देता है और हमारा दिमाग़ डोपामाइन से लबालब हो जाता है। अनपेक्षित इनाम हमें ढेर सारी ख़ुशी देते हैं, लेकिन जिन इनामों की हमें उम्मीद होती है, वो आनंद अनुकूलन या आनंद चक्र का शिकार हो जाते हैं–यानी चीज़ें अपनी ताज़गी और चमक खो देती हैं और वो वैसा इनाम का एहसास नहीं देतीं (लिबरमैन एंड लॉन्ग, 2018, द *मॉलिक्यूल ऑफ़ मोर*)।

ज़रा सोचिए : आपको एक नया ढाबा मिलता है। यह आपके काम की जगह के पास खुला है और आप वहाँ का खाना चखने के लिए बेताब हैं। आप वहाँ जाते हैं, एक कौर खाते हैं और आपको मज़ा आ जाता है। आप पूरी तरह झूम उठते हैं, जैसे दिल दे बैठे हो। अगर वह ढाबा हर बार वही लाजवाब खाना देता रहे, फिर भी धीरे-धीरे वो कम रोमांचक लगने लगेगा क्योंकि वह रोज़मर्रा का हिस्सा बन जाएगा। आपका दिमाग़ पहले से जान लेता है कि क्या उम्मीद करनी है। कोई ताज़गी नहीं, कोई आश्चर्य नहीं और उस ढाबे और उसके खाने से जुड़ा डोपामाइन कम हो जाता है।

डोपामाइन हमेशा हमें कुछ बड़ा, कुछ नया ढूँढ़ने के लिए उकसाता है, ना कि उस चीज़ की तरफ़ जो हमें पहले से पता है। डोपामाइन तंत्र एक ग़ज़ब का विकसित ढाँचा है जो इंसान के द्वारा की गई खोज, आविष्कार, रचना और मज़बूती के लिए ज़िम्मेदार है। लेकिन क्या आप इसके साथ आने वाली मुश्किलें भी देख सकते हैं? आज की दुनिया लालच से भरी है जो हमारे डोपामाइन को हिट करती है। हमारा शरीर उस सामाजिक-सांस्कृतिक परिवेश में विकसित नहीं हुआ जो हमने आज के ज़माने में अपने लिए बनाया है। अगर आपको कभी जोश की कमी, कोई लत, बुरी आदतें लगना या टालमटोल की दिक़्क़त हुई है तो आपको पता होगा कि

जब डोपामाइन का संतुलन बिगड़ जाता है तब ज़िंदगी कितनी टफ़ हो जाती है।

दुनियाभर में औसत सोशल मीडिया इस्तेमाल रोज़ाना क़रीब 145 मिनट है (स्टेटिस्टा, 2021)। यानी लोग हर दिन ढाई घंटे से ज़्यादा मशहूर सोशल मीडिया साइट्स पर बिताते हैं और कई लोगों के लिए वक़्त का यह अंतराल और भी ज़्यादा हो सकता है। सोशल मीडिया हमें ऐसे बाँधता है जैसे बहुत कम चीज़ें कर पाती हैं और यह हमारे डोपामाइन तंत्र पर सीधा असर डालता है। सोशल मीडिया एक लगातार चलने वाली कॉन्टेंट की धारा है, जिसमें से कुछ कॉन्टेंट उपयोगी, तो कुछ मज़ेदार और मौज-मज़े वाला हो सकता है। हमें कभी नहीं पता चलता है कि कब हमें कुछ लाजवाब मिलेगा और यही हमें जोड़े रखता है। सोशल मीडिया, जैसा कि नाम से ज़ाहिर है, सामाजिक भी है जो इसकी ख़ासियत को और मज़बूत करता है–हम स्वीकृति, जुड़ाव और प्यार की चाहत रखते हैं और सोशल मीडिया लाइक, रीपोस्ट, टिप्पणियों के ज़रिए वो सामाजिक संकेत देता है जो हमें मान्यता या पुष्टि का एहसास करवाते हैं।

हमारे डोपामाइन तंत्र को, आसान शब्दों में, सोशल मीडिया हैक कर सकता है। हमें कभी नहीं पता कि कब कोई सूचना आएगी, कोई मज़ेदार वीडियो मिलेगा या कुछ और। इससे हम कभी पूरी तरह अभ्यस्त नहीं हो पाते और ताज़गी बनी रहती है। असल में, यही चाल जुआघर यूज़ करते हैं ताकि लोग बार-बार लौटें। लॉटरी और पुरस्कार ड्रॉ में भी यही ढाँचा है, जो हमारे दिमाग़ को किसी इनाम की उम्मीद तो देता है, लेकिन पक्का नहीं। इन साइट्स के निर्माता इन प्रक्रियाओं को अच्छे से जानते हैं और अपनी साइट्स को ख़ास तौर पर हमारी जैव रसायन की इस कमज़ोरी को निशाना बनाने के लिए बनाते हैं। दूसरे शब्दों में, हमारे दिमाग़ के इसी इनाम तंत्र का शोषण करके पैसे कमाए जा सकते हैं, जिससे लोग 24 घंटे चलने वाली ख़बरों और लगातार सामग्री के सस्ते और अनंत "इनाम" के आदी हो जाते हैं।

लेकिन सिर्फ़ बेईमान बड़ी कंपनियाँ ही हमारे दिमाग़ को लत की तरफ़ नहीं ले जातीं। टॉक्सिक रिश्तों में भी ऐसा ही खेल देखने को मिलता है, जब हमारा साथी हमें वो प्यार और ध्यान देता है जिसकी हमें तलब है, लेकिन सिर्फ़ कभी-कभी, जो इसे अप्रत्याशित बनाता है। मनोवैज्ञानिक काफ़ी समय से जानते हैं कि यह कुछ-कुछ समय में मिलने वाला इनाम हमें ज़्यादा बाँधता है बनिस्बत लगातार मिलने वाले सकारात्मक परिणामों के। कभी किसी ऐसे इंसान से मिलें जो जहरीले टॉक्सिक रिश्तों का इतना आदी हो कि एक ख़ुशहाल, स्वस्थ रिश्ते में उसे ऊब और बेचैनी महसूस हो? यक़ीन मानिए, उनका डोपामाइन पूरी तरह असंतुलित है।

अनिश्चित इनाम, जो बेतरतीब ढंग से मिलते हैं, हमें लगातार इनाम देने वाले ढाँचों से ज़्यादा बाँधते हैं और सोशल मीडिया डिज़ाइनर, गेम डिज़ाइनर और बाक़ी पेशेवर इसे अच्छे से जानते हैं। आज की दुनिया के कई पहलू हमारी दिमाग़ी तंत्रिका की इस "खामी" का फ़ायदा उठाते हैं ताकि हम अपनी भलाई के ख़िलाफ़ बंधे रहें और हमारे डोपामाइन का सामान्य प्रवाह बाधित हो, जिससे हम कुछ ख़ास गतिविधियों को तरजीह देने लगते हैं।

दिमाग़ के डोपामाइन तंत्र पर और भी चीज़ें असर डाल सकती हैं। नशीले पदार्थ इसका साफ़ उदाहरण हैं क्योंकि कई पदार्थ जो लत बन जाते हैं, डोपामाइन रास्तों को हथिया लेते हैं और दिमाग़ को ढेर सारा डोपामाइन छोड़ने पर मजबूर करते हैं, इतना कि रोज़मर्रा की मौज-मस्तियाँ जैसी स्टीम्यूली (उत्तेजनाएँ) अब उन्हें सक्रिय करने के लिए काफ़ी नहीं रहतीं। जिन लोगों को नशे की लत हो जाती है, वो शायद कहीं और मज़ा ढूँढ़ ही नहीं पाते, सिवाय अपने नशे की बढ़ती खुराक के। लेकिन सारे नशीले पदार्थ एक जैसी लत नहीं बनाते और हमें ऐसे ही असर उन चीज़ों से भी मिल सकते हैं जो नियंत्रित पदार्थ नहीं हैं (डायना, 2011, द *डोपामाइन हाइपोथिसिस ऑफ ड्रग एडिक्शन एंड इट्स पॉटेंशियल थेरेप्यूटिक वैल्यू*)।

मीठे और मिठासभरे खाने भी ऐसा ही हाल कर सकते हैं। दिमाग़ ज़्यादा डोपामाइन स्तर के साथ काम करने का आदी हो जाता है और उसे ज़्यादा मीठे की ज़रूरत पड़ने लगती है तो बिना इसके हमें अजीब लगता है। हम मीठे की तलाश करते हैं और एक बार जब हम इसे नियमित खाने लगते हैं तो इसकी मात्रा कम करना मुश्किल हो जाता है। चीनी (मीठे) का दिमाग़ पर वैसा ही असर हो सकता है जैसा नशे का, जो समय के साथ हमारे डोपामाइन स्तर को बढ़ाता है और पहले जैसा सुकून पाने के लिए ज़्यादा चीनी की ज़रूरत पड़ती है (लुईस, 2017, *वॉट हैपेंस टु आवर ब्रेन व्हेन वी गिवअप शुगर?*)।

रोमांचक अनुभव भी डोपामाइन स्तर बढ़ा सकते हैं। यही वजह है कि रोमांचक खेलों में भाग लेने वाले खिलाड़ी अपनी गतिविधियों में जोखिम बढ़ाने की ज़रूरत महसूस करते हैं, क्योंकि उनका दिमाग़ ज़्यादा डोपामाइन स्तर के साथ काम करने का आदी हो जाता है तो कम जोखिम वाली गतिविधियाँ अब वैसा रोमांच नहीं देतीं (डोमिंग्वेज़, 2015, *वाई आर वी एडिक्टेड टु एक्सट्रीम स्पोर्ट्स?*)। जोखिम भरे व्यवहार, कुछ तरह के यौन व्यवहार और दूसरी चीज़ों से भी ऐसा ही असर मिलता है जो हमारे दिमाग़ को ज़्यादा डोपामाइन स्तर का आदी बना देता है और इन व्यवहारों को छोड़ना मुश्किल हो जाता है, भले ही वो हमारी सामान्य ज़िंदगी को बाधित करें या हमें किसी जोखिम में डाल दें।

ज़्यादा डोपामाइन स्तर की वजह से रोज़मर्रा की गतिविधियों का मज़ेदार लगना मुश्किल हो सकता है। ये हमें–हमारे डोपामाइन तंत्र के काम करने के तरीक़े की वजह से–ज़्यादा तीव्रता और ताज़गी ढूँढ़ने के लिए मजबूर करते हैं जो हमेशा मुमकिन, फायदेमंद या सुरक्षित नहीं होता। कई लोग सोशल मीडिया या हल्के-फुल्के गेम्स छोड़ नहीं पाते, भले ही ये उनके मक़सदों और सपनों के आड़े आएँ। तुरंत संतुष्टि–जल्दी इनाम मिलने की उम्मीद–को संभालना मुश्किल है। यही वजह है कि हम उन बर्तावों को नहीं

अपना पाते जो हमारे लिए अच्छे हैं और वो चीज़ें करते रहते हैं जो हमारे मूल्यों से मेल नहीं खातीं। आसान शब्दों में, हम डोपामाइन के दीवाने बन जाते हैं!

यहाँ हम जिस मुश्किल का सामना करेंगे, वो है ज़्यादा डोपामाइन। लेकिन इसमें दिक़्क़त क्या है? क्या डोपामाइन अच्छा नहीं है?

इसके काम सिर्फ़ इनाम या उम्मीद से कहीं ज़्यादा जटिल हैं। ज़्यादा डोपामाइन की वजह से ध्यान देना मुश्किल हो सकता है, ख़ासकर उन चीज़ों पर जो जल्दी और आसान उत्तेजनाएँ नहीं देतीं या जिन मक़सदों के लिए हमें मेहनत करनी पड़ती है। हम जल्दी ऊब जाते हैं, हमारा ध्यान कम होता जाता है और हमें लंबी, चुनौतीपूर्ण या समय लेने वाली चीज़ों से जुड़ने में मुश्किल होती है।

ज़्यादा डोपामाइन अनचाहे बर्तावों को जन्म दे सकता है, जैसे जल्दबाज़ी में काम करना, ज़्यादा चिड़चिड़ापन या आक्रामकता या फिर अति उत्साह जो हमें ग़लत फ़ैसले लेने पर मजबूर कर सकता है। नशीले पदार्थों के इस्तेमाल के बाद होने वाला बहुत ज़्यादा डोपामाइन स्तर तो ख़तरनाक लक्षणों, जैसे भ्रम, से भी जुड़ा हो सकता है, हालाँकि यह रोज़मर्रा में चिंता की बात नहीं है। ज़्यादा डोपामाइन की वजह से चीज़ों का मज़ेदार लगना और ख़ुद को केंद्रित करके काम निपटाना मुश्किल हो सकता है (*डीन्स, 2011, डोपामाइन प्राइमर*)।

तो ऐसे में हम अपने डोपामाइन तंत्र को हैक करके अपने काम करने के तरीक़े को कैसे बदल सकते हैं? आइए, यहाँ यही बताया गया है कि अपने डोपामाइन स्तर को स्वस्थ तरीक़े से कम करने के लिए हम अपने डोपामाइन तंत्र को कैसे हैक कर सकते हैं।

अध्याय 1

अपनी एकाग्रता को वापस लें

हर तरह के मार्केटिंग या प्रचार करने वाले लोग हमारे डोपामाइन तंत्र को हैक करने में मास्टर बन गए हैं और हमें अपनी चीज़ों में उलझाए रखते हैं। तो हम ऐसा क्यों नहीं कर सकते, दोस्त? एक बार जब पता चल जाए कि डोपामाइन तंत्र कैसे काम करता है, तो हम इसे अपने फ़ायदे के लिए यूज़ कर सकते हैं–अपने मनपसंद मक़सदों को पाने और दिमाग़ में डोपामाइन की मात्रा को कंट्रोल करने के लिए। हम अपने डोपामाइन को अपने कब्ज़े में रख सकते हैं, ना कि किसी और के हवाले कर दें; और अपना ध्यान और जोश वापस पा सकते हैं। इससे ज़्यादा साफ़ जैव-हैकिंग का उदाहरण ढूँढ़ना टफ़ है–अपने अनजान हिस्सों को जान-बूझकर समझना और अपने शरीर पर पूरा कब्ज़ा करना।

यह समझना ज़रूरी है कि हम हर दिन अपने दिमाग़ को काम करने और बनावट के स्तर पर बदल रहे हैं। हम हर वक़्त, एक तरह से अपने शरीर को हैक कर रहे हैं; सवाल बस यह है कि क्या हम ऐसा समझ-बूझकर कर रहे हैं, क्या यह हमारी भलाई के लिए है या यह हमारे साथ हो रहा है या हम ख़ुद कर रहे हैं। जो कुछ भी हम सीखते हैं और जो आदतें हम डालते हैं, वो हमारे दिमाग़ को बदल देती हैं और ये सब दिमाग़ी लचीलेपन की

वजह से होता है–यानी हमारे दिमाग़ का हर हिस्सा, उसका काम करने का तरीक़ा और उसकी बनावट बदल सकती है और हमारे डोपामाइन रास्ते भी इसका अपवाद नहीं हैं (बेगेगा, सैंटिन, गैलियानो, कुटुली और सैंपेड्रो-पिकेरो, 2017, *न्यूरोप्लास्टिसिटी एंड हैल्दी लाइफ़स्टाइल : हाउ कैन वी अंडरस्टैंड दिस रिलेशनशिप?*)।

हम अपने दिमाग़ के काम करने के ढंग को बदल सकते हैं और अपना वक़्त और मेहनत उन चीज़ों पर लगा सकते हैं जो सचमुच मायने रखती हैं, बस अपनी आदतें बदलकर या कुछ ख़ास तरीक़ों को अपनाकर जो दिमाग़ में डोपामाइन की मात्रा को कम कर सकते हैं।

एक तरीक़ा जो मदद कर सकता है, वो है तथाकथित "डोपामाइन डिटॉक्स"। डिटॉक्स का मतलब है जान-बूझकर दिमाग़ में डोपामाइन की मात्रा को कम करना, कुछ ख़ास कामों से दूर रहकर। हम कुछ ख़ास आदतें डाल सकते हैं, अपनी काम करने की रफ़्तार बढ़ा सकते हैं, ख़ुद को भटकने से बचा सकते हैं और ज़्यादा काम निपटाने के लिए ख़ास तरकीबों का यूज़ कर सकते हैं।

आगे बढ़ने से पहले एक चेतावनी। डोपामाइन हमारे दिमाग़ का हिस्सा है और एक ज़रूरी रसायन है, जो हमें जोश देता है और नई चीज़ों की तलाश करने को उकसाता है। यह न ख़राब चीज़ है, ना ही पूरी तरह हटाने की चीज़ है। अगर आप डिटॉक्स कर रहे हैं तो मक़सद डोपामाइन की मात्रा को कम करना है, लेकिन डोपामाइन हमेशा रहेगा और इसका एक ज़रूरी काम है। इससे बचना नहीं है, बल्कि यह हमारे दिमाग़ी तंत्र का एक स्वस्थ और बड़ा हिस्सा है। हम बस तब इसकी मात्रा कम करना चाहते हैं जब यह हमें या हमारे बाक़ी मक़सदों के लिए नुक़सान पहुँचाए।

एक और चेतावनी यह कि नीचे बताए गए तरीक़े गंभीर लत को ठीक करने के लिए नहीं हैं। जिन लोगों को किसी ख़ास नशे की लत है, उन्हें डॉक्टरी मदद लेनी चाहिए। नशे की समस्याओं में और भी तंत्र शामिल होते

हैं और डिटॉक्स से शायद वो ठीक न हों। यही बात जुए जैसी लत के लिए भी है–पेशेवर मदद लेना सबसे सही है।

इन बातों को छोड़कर, अब उन तरकीबों की बात करते हैं जो आपके डोपामाइन तंत्र को हैक करने और अनगिनत भटकावों के समंदर में आपका जोश वापस लाने में मदद करेंगी ताकि तुरंत मज़े के लालच से बचा जा सके। आप डोपामाइन कम करके अपनी चीज़ों को ज़्यादा मतलब भरे ढंग से मज़ा ले सकते हैं, बिना ज़्यादा उत्तेजना पर टिके।

बर्ताव में बदलाव लाना हमेशा आसान नहीं होता। डोपामाइन हमें अपनी ओर खींचता है और इसे छोड़ना टफ़ है–आख़िर, यह वही रसायन है जो हमें ज़्यादा पाने, बेहतर करने और अपने मक़सदों और सपनों के लिए जूझने का जोश देता है। जब डोपामाइन का स्तर ज़्यादा हो तो ध्यान देना मुश्किल लग सकता है, लेकिन धीरे-धीरे आपका दिमाग़ ढल जाएगा। यहाँ कुछ आम तरकीबें हैं जो आपको अपने डोपामाइन और आदतों पर काबू पाने में मदद करेंगी।

अपने परिवेश को अपना दोस्त बनाइए

अगर आप फोन से डिटॉक्स करने की सोच रहे हैं तो फोन आपके पास नहीं होना चाहिए। लेकिन वो किताब जो आप पढ़ने वाले हैं, वो पास में वहाँ रखिए, जहाँ से उसे फटाफट उठा सकें।

हमारा परिवेश भरा पड़ा है उन चीज़ों से जो हमें कुछ ख़ास बर्ताव की तरफ़ धकेलती हैं। अगर आप एक मेज़ के पास से गुज़रें जिस पर चॉकलेट और मिठाइयों का ढेर लगा हो तो लालच से बचना ज़्यादा टफ़ होगा बनिस्बत उस मेज़ के जो फलों से भरी हो।

अपने परिवेश में छोटे-छोटे बदलाव आपकी आदतें बदलने में काफ़ी मदद कर सकते हैं और ग़लत बर्ताव से बचना आसान बना सकते हैं। अपने कमरे को ग़ौर से देखिए और सोचिए कि कौन सी चीज़ें आपको भटका

सकती हैं और कौन सी चीज़ें आपको अपने मक़सदों में कामयाब होने के लिए चाहिए।

सारे हथियार आज़माओ और दोस्तों का साथ लो

सिर्फ़ अपनी इच्छाशक्ति के भरोसे मत रहो। आपकी इच्छाशक्ति दिनभर में थक जाती है और टेंशन या थकान में शायद धोखा दे दे। अपने मक़सद पर टिके रहना मुश्किल हो सकता है, भले ही आपमें जोश हो (बाउमिस्टर और अन्य, 2007, द *स्ट्रेंथ मॉडल ऑफ सेल्फ़-कंट्रोल*)। यह आम बात है जिसकी गुंजाइश भी रहती है। वैसे आप–जैसा ऊपर बताया गया है और मददगार टूल्स से–अपने परिवेश को बदलकर अपनी इच्छाशक्ति पर कम निर्भर रहें तो बेहतर।

सबसे बड़ी चुनौती है सोशल मीडिया से दूर रहना। आप कोई ऐसा टूल यूज़ कर सकते हैं जो ऐप्स को बंद कर दे या नेट काट दे। आप किसी दोस्त से मदद माँग सकते हैं, जैसे एक दिन के लिए अपना फोन उन्हें सौंप दें। मदद माँगने में शरमाओ मत, दोस्त।

दोस्तों की मदद लीजिए और काम की जिम्मेवारी स्वीकार कीजिए

दोस्त लोग काफ़ी मदद कर सकते हैं लेकिन उनका साथ भी ज़रूरी है। जिन पर आप भरोसा करते हैं और जो आपका हौसला बढ़ाएँगे, उन्हें अपने मक़सद के बारे में बताइए। वो आपकी हौसलाअफजाई करेंगे, आपकी हालत को समझेंगे और थोड़ी जवाबदेही भी देंगे। अगर आप दोस्तों को ये बता दें कि आप एक दिन के लिए सोशल मीडिया से ब्रेक ले रहे हैं, तो आप इस लक्ष्य की दिशा में ज्यादा तेजी से काम कर पाएँगे।

अगर आप कोई जवाबदेही वाला दोस्त ढूँढ़ लें या कोई ऐसा व्यक्ति जो आपके साथ डोपामाइन को काबू करने की जंग में शामिल हो, तो मज़ा और भी आएगा। आप एक-दूसरे के तजुर्बों से जुड़ सकते हैं और

उन ख़ास चुनौतियों के लिए एक-दूसरे को भावनात्मक सहारा दे सकते हैं जिनका आप दोनों सामना कर रहे हैं। आप किसी दोस्त के साथ डील भी कर सकते हैं जो अपने अलग मक़सदों पर काम कर रहे हों, कि आप एक-दूसरे को अपनी प्रगति बताएँगे और बीच-बीच में चेक-इन करेंगे। जवाबदेही आपको अपने मक़सदों पर टिके रहने में मदद करती है, भले ही हालात कठिन हो जाएँ (ऊस्सेदिक और अन्य, 2017, *अकाउंटेबिलिटी : ए मिसिंग कंस्ट्रक्ट इन मॉडेल्स ऑफ एडहेरेंस बिहेवियर एंड क्लिनिकल प्रैक्टिस*)।

ख़ुद के प्रति करुणावाण बनिए

हम अक्सर ख़ुद पर बहुत सख़्त हो जाते हैं जब हमसे कोई ग़लती हो जाती है। लेकिन इतना सख़्त होना हमें आत्म-पराजय की तरफ़ ले जा सकता है। रोज़मर्रा के डोपामाइन के झटकों को छोड़ना और लंबे वक़्त की आदतों को बदलना आसान नहीं है। ख़ुद पर रहम करना, भले ही आप एक किसी परियोजना में एक दिन कि लिए चूक जाएँ या पुरानी आदतों में वापस लौट जाएँ, आपको आगे बढ़ने का हौसला देता है (बाइबर और एलिस, 2017)।

याद रखिए कि आप एक ग़लती से उबर सकते हैं, लेकिन दूसरी ग़लती से बचना बेहतर है। जो हुआ, उसे स्वीकार करिए और ख़ुद से पूछिए कि आप उससे क्या सीख सकते हैं। शायद ये आपको अगली बार बेहतर करने में मदद करे।

ज़्यादा बड़ा दाँव मत खेलिए

एंड्र्यू किर्बी (2020, *डोपामाइन डिटॉक्स सीरीज़*) ज़ोर देकर कहते हैं कि आप अपनी डोपामाइन से जुड़ी आदतों को बदलने की कोशिश उस स्तर पर करिए, जिसे आप यक़ीनन हासिल कर सकते हैं। अगर आपको लगता है कि एकदम से सब कुछ छोड़ना कठिन है, तो मत करिए। कुछ कामों

को कम करिए, उसकी गति धीमी करिए, लेकिन सब कुछ नहीं। कामयाबी ज़रूरी है, क्योंकि ये आपको आगे बढ़ने का जोश देती है, वरना आपको लगेगा कि आपकी आदतें कभी नहीं बदलेंगी।

ख़ुद को कामयाबी के लिए तैयार करिए, नाकामी के लिए नहीं। वास्तविक मक़सद बनाइए और आराम से उसे पूरा करिए; अगर ज़रूरत पड़े तो अपने मक़सदों को बदलने से मत डरिए। एक-एक क़दम आगे बढ़ाइए।

कुछ बातें और सावधानियाँ

डोपामाइन और नीचे बताए गए तरीक़ों से जुड़ी कुछ बातें ध्यान में रखनी हैं। हर चीज़ को सोच-समझकर करिए और अपनी स्थिति के हिसाब से ढाल लीजिए। ये तरीक़े हर किसी के लिए एकदम फिट नहीं हो सकते, जैसे अगर आपको रोज़ सोशल मीडिया के साथ काम करना पड़ता हो या आपको 24/7 फोन पर रहना पड़े क्योंकि आपकी नौकरी में इमरजेंसी के लिए तैयार रहना ज़रूरी है। सोचिए कि आपके लिए क्या व्यावहारिक हो सकता है और क्या काम करेगा—अगर आप नीचे बताई हर चीज़ न कर करें, तो कोई बात नहीं।

ये भी याद रखिए कि डोपामाइन कोई नुक़सानदेह चीज़ नहीं है–ये हमारे दिमाग़ का नैचुरल रसायन है जिसकी हमें ज़रूरत है। जब हम डोपामाइन डिटॉक्स या उपवास की बात करते हैं, तो हमारा मक़सद डोपामाइन को ख़त्म करना नहीं है; वो नामुमकिन है और ना ही वो हमारा लक्ष्य है। हमारा मक़सद है उन ज़्यादा डोपामाइन स्तरों को कम करना जो नुक़सानदेह आदतों से जुड़े हैं, जैसे सोशल मीडिया का ज़्यादा यूज़ या चीनी वाले खाने से संबंधित बातें और ख़ुद से दोबारा जुड़ने जैसे बात। इसका मतलब है ऐसा परिवेश बनाना जहाँ आप फिर से अपनी स्वस्थ आदतों और अपनी रचनात्मकता का आनंद ले सकें, ना कि ये महसूस करें कि आपका दिमाग़

अपने आप चल रहा है। ये मज़बूत और स्वस्थ बदलाव लाने की बात है और "डिटॉक्स" और "उपवास" जैसे शब्द, जो आजकल चलन में हैं, इन प्रक्रियाओं का अच्छा प्रतीकात्मक विश्लेषण करता हैं।

डोपामाइन उपवास, डिटॉक्स और नीचे बताए गए दूसरे तरीक़े गंभीर लत, नशे की समस्याओं या जुए जैसे बहुत समस्याजनक बर्तावों का इलाज नहीं हैं। अगर आपको लगता है कि आपको लत की समस्या हो सकती है, तो पेशेवर लोगों की मदद लीजिए। किसी प्रकार की लत को *डायग्नोस्टिक एंड स्टैटिस्टिकल मैनुअल ऑफ़ मेंटल डिसऑर्डर्स* (5वाँ संस्करण) या DSM-5 (APA, 2013) में इस तरह परिभाषित किया गया है :

- किसी पदार्थ को या बर्ताव को (जैसे जुआ) अपनी मंशा से ज़्यादा और ज़्यादा वक़्त तक करना।
- किसी लत या काम को करते समय रुकने की इच्छा करना, लेकिन रुक न पाना।
- उस पदार्थ या बर्ताव को पाने, उसके नतीजों से निपटने या उसके बारे में सोचने में ढेर सारा वक़्त बिताना।
- उस पदार्थ या बर्ताव की तलब और लालसा महसूस करना।
- उस बर्ताव या पदार्थ में तब भी लगे रहना जब ये आपके रिश्तों, काम, पढ़ाई या दूसरी चीज़ों में दिक़्क़तें पैदा करने लगे।
- उस बर्ताव या पदार्थ की वजह से काम, स्कूल या घर पर अपनी ज़िम्मेदारियों को पूरा न कर पाना।
- दूसरी ज़रूरी और क़ीमती गतिविधियों को छोड़कर उस बर्ताव या पदार्थ को चुनना।
- वही अनुभव पाने के लिए ज़्यादा मात्रा या ज़्यादा करने की ज़रूरत पड़ना।

हालाँकि डोपामाइन लत में शामिल होता है, नीचे बताए गए तरीक़े इस समस्या का इलाज नहीं हैं, जिसके लिए अक्सर पेशेवर मदद और शायद डॉक्टरी सहायता की ज़रूरत होती है। यही बात उन हालातों पर लागू होती है जब आप हक़ीक़त से कटाव महसूस कर रहे हैं या आपको कोई दूसरी डॉक्टरी और मानसिक समस्याएँ हों जो इस सामग्री के दायरे से बाहर हैं।

अब, चलिए उन सारी तरकीबों पर ग़ौर करते हैं जो हमारे डोपामाइन स्तर को कम करने और हमारे ध्यान, ऊब और जोश पर ज़्यादा काबू पाने में मदद करेंगी।

सारांश

- डोपामाइन एक ताक़तवर और जटिल दिमाग़ी रसायन है, लेकिन आज की दुनिया इसके स्वस्थ और सही संतुलन को बिगाड़ सकती है। डोपामाइन हमें मज़ा और इनाम का एहसास देता है, उम्मीद और चाहत जगाता है और नयापन ढूँढ़ने को प्रेरित करता है। अगर डोपामाइन तंत्र बिगड़ जाए, तो हमारी प्रेरणा, मज़ा लेने की क़ाबिलियत, आवेग पर नियंत्रण, मूड, ध्यान, एकाग्रता, आत्म-अनुशासन और चाहत जैसी चीज़ों पर बुरा असर पड़ सकता है।
- लेकिन हम अपने दिमाग़ी रसायनों के ग़ुलाम नहीं हैं—दिमाग़ लचीला है और अगर हम इसके तंत्र को समझें और सोच-समझकर इसे सहारा दें, तो इसे बदला जा सकता है।
- बर्ताव में बदलाव इतना मुश्किल क्यों है इसकी एक वजह डोपामाइन की लत हो सकती है और इसीलिए "डोपामाइन डिटॉक्स" हमारे सोचने और हर पल में काम करने के तरीक़े को ज़्यादा संतुलित करने में मदद कर सकता है।
- अगर डोपामाइन इच्छाशक्ति का जैव रसायनिक प्रतीक है, तो इसे हैक करना सीखकर हम ज़्यादा आत्म-नियंत्रण, आत्म-जागरूकता

और आत्म-नियमन पैदा कर सकते हैं। हम डोपामाइन तंत्र के ज़रिए अपने बर्ताव को बेहतर करने के लिए अलग-अलग तरकीबें और तरीक़े यूज़ कर सकते हैं।

- हम ऐसा परिवेश बना सकते हैं जो ध्यान और एकाग्रता को सहारा दे; मिसाल के तौर पर, स्मार्टफोन जैसे भटकावों को हटाकर। अपने बर्ताव को संतुलित करने के लिए ऐप्स या टूल्स यूज़ करिए या दूसरों की मदद लीजिए ताकि आप अपने मक़सदों के प्रति जवाबदेह रहें।
- जीवन में कई बार चूक होना लाज़मी है, तो ऐसे में ख़ुद को कोसने की बजाय अपने पर रहम कीजिए, अपने प्रति करुणावान बनिए। अपनी ग़लतियों से सीखिए और आगे बढ़िए, ना कि उन पर अटक जाइए। साथ ही, छोटे-छोटे क़दम उठाइए और ज़्यादा बड़ा दाँव मत खेलिए। कुछ तरकीबें आपके लिए काम करेंगी, कुछ नहीं करेंगी। जीवने में कुछ प्रयोग कीजिए।

अध्याय 2

एक ऐसी डिटॉक्स जो सब खत्म कर दे

डोपामाइन डिटॉक्स एक नया तरीक़ा है जो आपके दिमाग़ में डोपामाइन की उस मात्रा को कम करने में मदद कर सकता है जिसका वो आदी हो चुका है। ये एक ताज़ा तरकीब है जो मौजूदा सिद्धांतों और शोध से निकली है, ताकि आप उन सारी चीज़ों से ब्रेक ले सकें जो आपको जकड़े हुए हैं। अगर आप ऐसा डिटॉक्स कर सकें तो आप देखेंगे कि इसमें ज़्यादातर शब्द लत की दुनिया से आए हैं और ऐसा इसलिए क्योंकि शराब या नशे जैसी "क्लासिक" लत के पीछे का तंत्र वही है जो आपको ऑनलाइन शॉपिंग, इंस्टाग्राम या रात को फोन पर "डूमस्क्रॉलिंग" करने में उलझाए रखता है, जब आपको नींद के आगोश में होना चाहिए।

सबसे ज़बरदस्त जैव-हैक जो आप अपने लिए कर सकते हैं, वो ये नहीं कि आप सुपरह्यूमन याददाश्त या अजेय रोग प्रतिरोधक क्षमता बना लें, बल्कि वो ये है कि आप डोपामाइन की सहनशीलता की मानसिक और मनोवैज्ञानिक जंजीरों को तोड़ दें। आपका दिमाग़ "आसान" कामों या उन चीज़ों से डोपामाइन लेने का आदी हो गया है जो इस रसायन को ज़्यादा मात्रा में छोड़ते हैं। ऐसे करते हुए हमें बिना मेहनत के मज़ा मिल जाता है और ये हमें उन कामों से दूर कर देता है जो बेहतर नतीजे देते हैं, ज़्यादा स्वस्थ और मक़सद भरे हुए होते हैं, लेकिन तुरंत मज़े देने वाली चीज़ों के

सामने फीके लगते हैं। नहीं, ये कोई ज़िंदगी का संकट नहीं है–बस आपका डोपामाइन तंत्र टूट गया है, भाई!

डोपामाइन डिटॉक्स आपके दिमाग़ को रीसेट करने का एक हथियार है, ताकि आप चीज़ों को नए सिरे से महसूस कर सकें। हालाँकि इसे डिटॉक्स कहते हैं, इसका मतलब ये नहीं कि डोपामाइन कोई ज़हरीली चीज़ है या आप इसे अपने दिमाग़ से पूरी तरह निकाल सकते हैं। ये हमेशा रहेगा; आप बस ज़्यादा डोपामाइन स्तरों से ब्रेक ले रहे हैं, जो संभालना मुश्किल हो सकता है और आपको दूसरी चीज़ें करने से रोकता है (एंड्रू *किर्बी, 2020, डोपामाइन डिटॉक्स*)। डोपामाइन इंसुलिन स्तर जैसा होता है—दोनों को संवेदनशील और एक सटीक, सही दायरे में काम करना चाहिए। डोपामाइन हैकिंग का मक़सद है इस शानदार दिमाग़ी तंत्र को आपके लिए काम करने देना। यानी ऐसा शरीर और ज़िंदगी बनाना जो मेहनत, सही चुनौतियों, संतुलन, आत्म-अनुशासन और सच्चे आनंद के लिए तैयार हो।

यहाँ कुछ आदतें और काम हैं जो आपको डोपामाइन तो देते हैं, लेकिन वो आपके लिए ज़्यादा अच्छे नहीं हैं :

- सोशल मीडिया, मैसेंजर और फोन का यूज़
- वीडियो गेम्स और मोबाइल गेम्स
- शो, फ़िल्में देखना और सामान्य तौर पर सामग्री खपत करना
- अश्लील सामग्री देखना
- ज़्यादा चीनी वाले खाने और स्नैक्स, जंक फूड खाना
- उत्तेजक चीज़ें लेना—कॉफ़ी, चाय, चॉकलेट, कुछ सोडा, चीनी वाले ड्रिंक्स, नशीले पदार्थ
- ऑनलाइन शॉपिंग और बिना ख़रीदे ब्राउज़िंग
- ऑनलाइन ऐसी सामग्री देखना जिसमें क्लिकबेट, ग़ुस्सा भड़काने या दूसरी हेरफेर करने वाली तरकीबें हों

ये काम हमारा ढेर सारा वक़्त बर्बाद करते हैं और डोपामाइन का स्तर बढ़ाते हैं। ये ज़िंदगी के लिए जंक फूड जैसे हैं—उस पल में मज़ा देते हैं, लेकिन वे भावनात्मक या आध्यात्मिक पोषण नहीं देते और आपको पहले से बदतर हाल में छोड़ जाते हैं। ये ध्यान देने की बात है कि हमें सारी पुरस्कृत करने वाली या आगे बढ़ाने वाली चीजे डोपामाइन को उत्तेजित कर सकती हैं, लेकिन जो चीजें तुरंत मज़ा देती हैं, वो ख़ास तौर पर ताक़तवर होती हैं और इन्हें छोड़ना काफी कठिन हो सकता है।

डोपामाइन डिटॉक्स का मक़सद है आपके दिमाग़ को रीसेट करना और आपको ख़ुद के साथ वक़्त बिताने का मौक़ा देना। ये आपको ये देखने में मदद करता है कि जब आप डोपामाइन का ये विचार छोड़ देते हैं, तो क्या होता है और इसके बजाय आप ख़ुद को ऊबने, अकेले रहने और अपने विचारों को बिना रुकावट आने-जाने देने की इजाज़त देते हैं। तलब, असंतुष्टि और इंतज़ार करने की सहनशीलता विकसित कीजिए। उस पल में शायद आपको कुछ कमी महसूस हो, लेकिन असल में आप अपनी मज़ा लेने की क़ाबिलियत को बढ़ा रहे हैं। ये उस इंसान जैसा है जो सालों से जंक फूड नहीं खाता : फिर जब वो बहुत प्रोसेस्ड, तला हुआ खाना चखता है, तो उसे मज़ा नहीं आता और उसे नैचुरल, स्वस्थ और कम उत्तेजक खाने में ज़्यादा मज़ा मिलता है।

तो, हम इन सिद्धांतों का यूज़ करके अपनी ज़िंदगी में ठोस बदलाव कैसे ला सकते हैं? सबसे पहले ये समझें कि डोपामाइन डिटॉक्स, अपने आप में, कोई तुरंत ठीक करने वाला जादू नहीं है। आपको ये आसान, मज़ेदार या रोमांचक नहीं लगेगा। लेकिन इसे ऐसा होना भी नहीं है। अगर आपको लगता है कि एक दिन का डिटॉक्स आसानी से निकल जाएगा और आप बिना मेहनत के जादुई ढंग से बदल जाएँगे, तो सावधान—ये बस आपका डोपामाइन बोल रहा है!

एक दिन का डिटॉक्स शुरू करने का सबसे अच्छा तरीक़ा है और किर्बी इसे "हार्ड रीसेट" कहते हैं। इन 24 घंटों में आप क्या करेंगे? आप उन

सारे कामों में हिस्सा नहीं लेंगे जो आपके डोपामाइन को उत्तेजित करते हैं, जैसे ऊपर बताए गए हैं। आप बिल्कुल कंप्यूटर या फोन यूज़ नहीं करेंगे, नशीले या उत्तेजक पदार्थ नहीं लोगे, गेम नहीं खेलेंगे और उन सारी चीज़ों से दूर रहेंगे जो तुरंत मज़ा देती हैं। आप ख़ुद को सजा नहीं दे रहे। आप बस अपनी ज़िंदगी से वहम का जंक फूड हटा रहे हैं।

अगर आप इसे आसान तरीक़े से करना चाहते हैं, तो इन कामों को कम कर सकते हैं। सबसे पहले आपको अपने फोन, टीवी या उस चीनी वाली मिठाई की तरफ़ एक ज़बरदस्त खिंचाव महसूस होगा। कोई बात नहीं। आपका दिमाग़ लाखों बहाने बनाएगा कि डिटॉक्स एक बेवक़ूफ़ी भरा आइडिया है और आपको इसे अब करने की ज़रूरत नहीं। ये भी ठीक है। आप उदास, ग़ुस्सैल या ऊब सकते हैं। सब नॉर्मल है। बस इन सब पर ग़ौर करिए और उस पल में महसूस कीजिए–आप अपनी चाहतों और सोच को फिर से तारबंदी कर रहे हैं। धैर्य रखिए। ऐसा लगता है कि आप बेक़ाबू हैं या इस तरह मजबूर हो रहे हैं? क्या सचमुच दुनिया ख़त्म हो जाती है जब आपको तुरंत वो नहीं मिलता जो आप चाहते हैं? और सच-सच बताइए, क्या वो चीज़ जो आपको चाहिए थी, वाकई इतनी शानदार है?

उस बड़े खालीपन में, जहाँ आपकी लत भरी आदतें हुआ करती थीं, आप शायद खोया-खोया महसूस करें। इसके बजाय आप अपना वक़्त इन चीज़ों में बिता सकते हैं :

- ध्यान लगाना
- डायरी लिखना या लेखन
- टहलना
- पढ़ना
- दूसरों के साथ बाँटना; आमने-सामने बात करना

अगर आप इसे और चुनौतीपूर्ण बनाना चाहते हैं और एक सच्चे रीसेट का मज़ा लेना चाहते हैं, तो सारी चीज़ें हटा दीजिए, सिवाय ध्यान लगाने के। आप एक दिन का उपवास भी आज़मा सकते हैं। जितनी ज़्यादा चीज़ें आप हटाएँगे, उतना ही मुश्किल होगा, लेकिन फायदा भी ज़्यादा हो सकता है। आप अपने विचारों, भावनाओं, चाहतों और आइडियाज़ को खोज सकते हैं और महसूस कर सकते हैं कि जब ये सारे भटकाव रास्ते में न हों, तो आप किस तरह के इंसान हो सकते हैं। एक दिन का डिटॉक्स आपकी सारी समस्याएँ हल नहीं करेगा, लेकिन ये आपके दिमाग़ को एक धक्का दे सकता है और ऐसा अनुभव दे सकता है जो आपको बड़े और लंबे बदलावों के लिए तैयार करे।

आप शायद चिढ़ या ऊब भी महसूस करें। आप अपनी आम भटकने वाली चीज़ों की तरफ़ हाथ बढ़ाइए और तनाव महसूस करिए क्योंकि आप ख़ुद को उस चीज़ से वंचित कर रहे हैं जिसके आप आदी हैं। ये बहुत आरामदायक नहीं लगता।

लेकिन ये एक ऐसी तकलीफ़ है जिसे आप बर्दाश्त कर सकते हैं। आप अपने बारे में कुछ नया और अनपेक्षित खोज सकते हैं और ऐसा कुछ अनुभव कर सकते हैं जो आप आमतौर पर नहीं करते। ये तकलीफ़ गुज़र जाएगी और आप इस कामयाबी से ताक़तवर महसूस कर सकते हैं।

आपको संतुष्ट महसूस करने के लिए आसान डोपामाइन स्रोतों पर निर्भर रहने की ज़रूरत नहीं है। आप ज़्यादा उपयोगी चीज़ों की तरफ़ बढ़ सकते हैं, जैसे सोच-विचार, किसी चीज का निर्माण करना न कि उसका उपभोग करना और दूसरे, ऐसे मक़सद निर्धारित करना जो आपको गहरे और ज़्यादा अर्थपूर्ण ढंग से प्रेरित करें।

किताब लिखना गहरी संतुष्टि देता है। ये आसान काम नहीं है और इसमें वक़्त लगता है, लेकिन ये यूट्यूब वीडियो या टिकटॉक की लत से ज़्यादा लंबी गर्व, अर्थवत्ता और ख़ुशी का स्रोत प्रदान करता है।

नियमित व्यायाम करना ना सिर्फ़ संतुष्टि देता है, बल्कि ये आपकी सेहत में भी ग़ज़ब का बदलाव ला सकता है। लेकिन कसरत अक्सर तुरंत मज़ा नहीं देती, क्योंकि ये दर्दनाक और मेहनत भरा हो सकता है। इसके असर वक़्त के साथ दिखते हैं और अगर हम लंबे समय तक टिके रहें, तो लंबे समय की संतुष्टि शानदार हो सकती है।

सोचिए कि वो कौन सी आदतें और मक़सद हैं जो तुरंत मज़े की तलाश की वजह से ठीक नहीं चल रहे। अगर आप सचमुच केंद्रित, जोशीले और वक़्त के साथ होते, तो आप जीवन में क्या हासिल कर सकते थे?

एक दिन का डिटॉक्स नए और बेहतर आदतों की तरफ़ पहला क़दम है। लेकिन सिर्फ़ एक बार का डिटॉक्स बिना आगे की कोशिश के शायद काम न करे।

तीन दिन का डिटॉक्स एक ज़्यादा चुनौतीपूर्ण काम हो सकता है और आपको उन आदतों को पहचानने में मदद कर सकता है जो आप रखना चाहते हैं। इसमें एक दिन के डिटॉक्स जैसा ही तरीक़ा ही होगा, जिसमें आप सारे रोमांच और उत्तेजक चीज़ें हटा देंगे जो आपके डोपामाइन स्तर को ऊँचा रखती हैं, ख़ासकर सोशल मीडिया, कैफ़ीन जैसे नशीले पदार्थ और बाक़ी; हालाँकि, तीन दिन के डिटॉक्स में आपको शायद कम सख़्ती बरतनी पड़े और ख़ासकर उपवास जैसी चीज़ें न करनी पड़ें। लेकिन एक दिन के बाद, आप सोच-विचार कर सकते हैं कि कौन सी आदतें आप अपनी ज़िंदगी में ज़्यादा सजग ढंग से वापस लाना चाहते हैं।

तीन दिन आपको ये देखने का मौक़ा देते हैं कि बिना सोशल मीडिया या कॉफ़ी के आपको कैसा लगता है और क्या वाकई ये चीज़ें आपकी ज़िंदगी में दोबारा लाने लायक हैं?

ख़ुद से पूछिए कि क्या ये चीज़ें सचमुच कोई क़ीमत लाती हैं या आप बस उस संतुष्टि और मज़े को मिस कर रहे हैं जो वो देती थीं। इनके बिना आपको कैसा लगता है? आप कितने केंद्रित हो? जब आप इन्हें वापस लाते हैं, तो आपका ध्यान कैसे बदलता है?

7 दिन का डिटॉक्स प्लान

7 दिन के डिटॉक्स प्लान में आप हर हफ़्ते एक दिन चुनेंगे डिटॉक्स करने के लिए। आमतौर पर वीकेंड पर ऐसा करना बेहतर है, क्योंकि काम के लिए शायद आपको ईमेल का जवाब देना या फोन और कंप्यूटर यूज़ करना पड़े। हर हफ़्ते किसी एक दिन को चुनिए रीसेट करने और उन सारी चीज़ों से ख़ुद को दूर करने के लिए जो आपका ध्यान माँगती हैं। ये आपको सजग और जागरूक रहने में मदद करेगा तुरंत मज़े वाली चीज़ों से और अपने मक़सदों और आइडियाज़ पर ध्यान देने में। जितना ज़्यादा आप ऐसा करेंगे, उतना ही ज़्यादा आप उन कामों और गतिविधियों को खोज लेंगे जो आपकी स्थिति और ज़रूरतों के लिए सबसे सही हैं।

कुछ लोग डिटॉक्स को आख़िरी हद तक ले जाते हैं : वो उपवास करते हैं या दूसरों से संपर्क तोड़ देते हैं। आपको ऐसा करने की ज़रूरत नहीं, जब तक आपको ये न लगे कि ये फायदेमंद होगा। बस सबसे रोमांचक और ज़बरदस्त अनुभवों को कुछ वक़्त के लिए हटाना काफ़ी होना चाहिए डिटॉक्स का असर महसूस करने के लिए। हालाँकि, सबसे सख़्त तरीक़ा, जो किसी साधु या तपस्वी की याद दिलाए, वो भी मौजूद है अगर आप वाकई में ख़ुद को चुनौती देना चाहते हों। ये आपको आपके अपने विचारों और विश्वासों से ज़ोरदार ढंग से रूबरू कराता है और शायद आपको बेचैन या असहज भी कर सकता है।

याद रखिए कि अपनी हदों से बहुत ज़्यादा आगे बढ़ना अच्छा नहीं, तो पहले कुछ हल्का आज़माकर इस अनुभव तक पहुँचने की कोशिश करिए। हल्के तरीक़े को आजमाइए और देखिए कि आपको कैसा लगता है। किसी एक दिन के लिए के लिए ज़्यादा से ज्यादा चीजों को अपने से दूर कीजिए। आख़िरकार, आप शायद एक दिन सिर्फ़ ध्यान लगाने, सोचने और ख़ुद के साथ रहने के लिए तैयार हो जाएँगे।

डोपामाइन उपवास

डोपामाइन उपवास एक ऐसा शब्द है जिसे अक्सर डोपामाइन डिटॉक्स के साथ मिलाकर यूज़ किया जाता है। हम डोपामाइन उपवास को डोपामाइन से जुड़ी आदतों में लंबे समय का बदलाव कह सकते हैं, जबकि डिटॉक्स एक छोटी अवधि का अभ्यास है। उपवास आपके दिमाग़ में डोपामाइन की मात्रा को कम करने और आपका ध्यान बढ़ाने का एक और तरीक़ा है।

डोपामाइन उपवास काफ़ी पॉपुलर हो रहा है और आपको नियमित रूप से डोपामाइन भारी कामों को कम करने देता है ताकि आप अपना वक़्त और ध्यान वापस पा सकें। जैसा कि होना चाहिए, ये डोपामाइन डिटॉक्स से कम कठिन है, जो आपको ढेर सारे बर्तावों को कम करने को कहता है और आमतौर पर ख़ास समस्याजनक बर्तावों पर ज़्यादा केंद्रित होता है, जैसा कि डॉ. कैमरन सैराफ़ ने बताया (*2019 द डिफिनिटिव गाइड टु, डोपामाइन फास्टिंग 2.0; द हॉट सिलिकन वैली ट्रेंड*)।

डोपामाइन उपवास ख़ास समस्याजनक बर्तावों को कम करने और उन गतिविधियों को बढ़ाने पर केंद्रित है जो अच्छी हैं, आपके मूल्यों से मेल खाती हैं और स्वस्थ हैं, जैसे कसरत करना, लोगों से मिलना-जुलना और दूसरी बातें।

डोपामाइन उपवास के ज़रिए आवेगी बर्तावों को बदलने के लिए सुझाए गए समय में हर दिन कम से कम एक या ज़्यादा घंटे उपवास करना, हर हफ़्ते एक वीकेंड का दिन, हर तिमाही एक वीकेंड और हर साल एक हफ़्ता शामिल है। इसमें सुझाव है कि लंबे उपवासों के लिए अपने परिवेश को बदल दीजिए, जैसे कहीं यात्रा पर जाइए या दिन बाहर बिताइए, ताकि आधुनिक घर के लालच से आप दूर रह सकें। अगर आप ये कर रहे हैं और आपके परिवार वाले इसमें शामिल नहीं हैं, तो बाहर जाना और बेहतर हो सकता है, क्योंकि दूसरों की गतिविधियाँ आपको आपके आराम और

अनप्लग करने के वक़्त से दूर ले जा सकती हैं। बाहर जाना इन लालचों को संभालना आसान बनाता है और आपको इतनी उत्तेजना देता है कि आप ऊब के पागल न हो जाएँ (हालाँकि ऊबना ज़रूरी तौर पर बुरी चीज़ नहीं है)।

लेकिन कभी-कभी, आप कोई ख़ास बर्ताव छोड़ नहीं सकते। मिसाल के तौर पर, शायद आपका परिवार साथ में कोई शो देखता हो या आपको स्मार्टफोन की ज़रूरत हो। इसका मक़सद है इस बर्ताव को देने वाला वक़्त और जगह कम करना। इसे सीमित करिए और स्पष्ट सीमाएँ तय कीजिए :

- आप हर दिन सिर्फ़ 15 मिनट सोशल मीडिया चेक कर सकते हैं।
- आप रात को डिनर से ठीक पहले स्मार्टफोन यूज़ करिए।
- आप अपने पार्टनर के साथ एक एपिसोड देखिए।

वक़्त की साफ़ हदें बांधिए और उन्हें लागू करिए; दूसरों को बताने से मत हिचकिए कि आप क्या कर रहे हैं और कैसे कर रहे हैं। टाइमर यूज़ करिए और ऐसे ऐप्स का सहारा लीजिए जो आपके बर्ताव पर नज़र रखें,खासकर तब जब अगर आप बहुत ज़्यादा खो जाते हैं। हर बर्ताव के लिए साफ़ ट्रिगर रखना अच्छा है जो शुरुआत और अंत को चिह्नित करें। मिसाल के तौर पर :

- डिनर के बाद आप फोन निकालते हैं।
- आप अपनी सवारी का इंतज़ार करते वक़्त मैसेज भेजते हैं।
- आप 7 :00 से 7 :30 के बीच शो देखते हैं और एक एपिसोड के बाद रुक जाते हैं।

आप उन सारे समस्याजनक बर्तावों को निशाना बना सकते हैं जो आपको जकड़े रखते हैं और आपको परेशान करते हैं। उपवास के ज़रिए आप इन

बर्तावों पर अपनी निर्भरता कम करते हैं। जब आप उपवास कर रहे हैं, तो अपनी स्पष्ट सीमाएँ रखना अन्य लोगों को आपको गंभीरता से लेने और आपके फ़ैसले का ज़्यादा समर्थन करने में मदद करेगा।

डोपामाइन डिटॉक्स के उलट, डॉ. सैराफ़ सुझाव नहीं देते कि आप उपवास के दौरान सारी गतिविधियाँ छोड़ दें। हालाँकि, वो कहते हैं कि उन नियमित और मज़ेदार गतिविधियों पर ध्यान देना ज़रूरी है जो आपके मक़सदों और मूल्यों को दर्शाती हों, जैसे कसरत करना, सीखना, साफ़-सफ़ाई करना और अन्य बातें। उन गतिविधियों के लिए जगह बनाइए जो आपके मक़सदों से मेल खाती हों, जैसे कोई नई और मनचाही स्किल सीखना या अपनी कला पर काम करना।

डोपामाइन उपवास को टिकाऊ होने के लिए ज़रूरी है कि आप ऐसी रणनीति चुनें जो आपके लिए काम करे और ऐसा समय जो यथार्थवादी हो। सारे डोपामाइन स्रोतों को एकदम काटने की कोशिश मत करिए, बल्कि उन समस्याजनक बर्तावों पर ध्यान दीजिए जो आपको किसी तरह नुक़सान पहुँचा रहे हैं। इससे आप डोपामाइन स्तर को ज़्यादा असरदार ढंग से कम कर पाएँगे, बिना उन दूसरी, स्वस्थ गतिविधियों का मज़ा खोकर जो आपको ख़ुशी देती हैं।

सजगता और जागरूकता

सजगता एक ऐसा अभ्यास है जो आपको बिना सोचे-समझे अलग-अलग गतिविधियों में उलझने से रोक सकता है और तुरंत मज़े की तलाश को कम कर सकता है। ये उन कामों के लिए ख़ास तौर पर उपयोगी हो सकता है जो वक़्त बर्बाद करते हैं और आपका ध्यान खींच लेते हैं, जैसे गेमिंग या सोशल मीडिया स्क्रॉल करना। सजगता आपके आवेगी बर्ताव को कम करती है और आपके दिमाग़ को उन अचानक ध्यान भटकाने वाली हरकतों से बचने की ट्रेनिंग देती है जो ज़्यादा डोपामाइन स्तर से जुड़ी होती हैं। इस तरह, ये

आपको आराम देने और डोपामाइन स्तर को कम करने का एक तरीक़ा हो सकता है, तुरंत मज़े को टालकर और उस अधीरता और तनाव को कम करके जो इन्हें उछाल देता है।

हर तरह के मार्केटिंग या प्रचार करने वाले लोग और डिज़ाइनर ऐसे प्रोडक्ट्स और सर्विसेज़ बनाते हैं जो यूज़ करने में आसान हों और जिनकी लत आसानी से लग जाए, कम से कम कुछ हद तक। मिसाल के तौर पर, सोशल मीडिया के कई पहलू इसे लत बनाने वाले बनाते हैं, जैसे अनंत स्क्रॉलिंग या लाल नोटिफिकेशन्स जो आपको उसे तुरंत चेक करने को मजबूर करते हैं। यहाँ तक कि दूसरी सर्विसेज़, जैसे नेटफ्लिक्स, में भी कुछ फ़ीचर्स होते हैं जो आपको चलते रहने के लिए उकसाते हैं—एक स्ट्रीमिंग सर्विस एक एपिसोड के बाद अगला अपने आप चला देती है ताकि आप बिंज वॉचिंग करो।

सजगता इसका तोड़ हो सकती है—बिना सोचे-समझे किसी चीज़ का उपभोग करना और रूटीन के लिए, जो आसानी से डोपामाइन छोड़ते हैं और तुरंत मज़ा देते हैं। ख़ास तौर पर, सजगतापूर्ण उपभोग या कोई कार्य इंसान को उन चीज़ों पर ध्यान देने में मदद कर सकती है जो उनके लिए मायने रखती हैं और उनकी ज़रूरतों को सकारात्मक ढंग से पूरा करती हैं। ऐसा उपभोग या कार्य जो बिना सोचे हुए किया गया हो वह तुरत-फुरत पुरस्कार और तत्काल आनंद की सीखी हुई ज़रूरत से चलती है। सजगता इसका मुक़ाबला कर सकती है और इंसान के उपभोग की आदतों को उन चीज़ों पर फिर से केंद्रित कर सकती है जो क़ीमती और सकारात्मक हैं (*आर्मर, 2019, फ्रॉम माइंडलेस टु कंज्यूमर टु माइंडफुल सिटिजन : रिइमेजिनिंग कंज्यूमर, सोसाइटल एंड इनवॉयरमेंटल सस्टेनिबिलिटी*)।

सजगता का मतलब है बिना जजमेंट के मौजूद रहना और अपनी आंतरिक संवेदनाओं और बाहरी उत्तेजनाओं पर ध्यान देना। यानी अपनी पूरी तवज्जो इस बात पर देना कि अभी क्या हो रहा है, आप क्या महसूस कर रहे हैं और अनुभव क्या है। सजगता आपकी बिना सोचे आदतों को

तोड़ने में मदद कर सकती है, ख़ासकर सोशल मीडिया और टीवी देखने जैसी चीज़ों के साथ। ख़ुद से पूछिए कि क्या ये अनुभव आपको कुछ क़ीमती चीज़ दे रहा है। क्या आप आनंदित हो पा रहे हैं? आप क्या महसूस कर रहे हैं? आपकी संवेदनाएँ क्या हैं? (*मिल्ने, विलारोएल ऑर्डेन्स और कपलान, 2020, सजग खपत : तीन उपभोक्ता वर्गों के नज़रिए*)।

सजग खपत का मक़सद ये नहीं कि आप सारा सोशल मीडिया या बाक़ी सब छोड़ दो और हर वक़्त ध्यान लगाओ। बल्कि, ये आपको उन चीज़ों को अनुभव करने और खपत करने में मदद करता है जो आपके लिए क़ीमती हैं और जो आपको सच्चा मज़ा या सीख देती हैं (*मिल्ने, विलारोएल ऑर्डेन्स और कपलान, 2020 माइंडफुल कंज्यूम्पशन : थ्री कंज्यूमर सेगमेंट व्यूज*)।

सजगता को बढ़ाना आसानी से किया जा सकता है, बस अपने उस पल के अनुभवों पर ध्यान देकर। जब आपको याद आए या जब आप ऐसा करना चुनें, तो आप सजगता का अभ्यास कर सकते हैं, अपनी पूरी तवज्जो उस अनुभव पर देकर जो आप उस समय ले रहे हैं।

एक और तरीक़ा है सजग ध्यान का अभ्यास—इसे करने का ज़्यादा संरचित ढंग। इस स्किल को बढ़ाने से काफ़ी सुधार हो सकता है और बेमतलब सामग्री और तुरंत मजा हासिल करने की आपकी तलब कम हो सकती है। सजग उपभोग आपको ये ताक़त भी देता है कि आप जो कर रहे हैं, उसे रोक सकें और ये चुन सकें कि क्या आप इसे जारी रखना चाहते हैं, ना कि अपने पल भर के आवेग का आप पालन करते रहें। सजगता ये भी साबित करती है कि ये अलग-अलग ज़िंदगी के अनुभवों में मज़ा और संतुष्टि बढ़ाती है, जो आपकी आदतों को ज़्यादा मतलब भरे लंबे समय की संतुष्टि की तरफ़ मोड़ने में मदद कर सकती है। सजगता डोपामाइन स्तर कम करने की एक अच्छी सहायक रणनीति है और ऊब का यूज़ करने जैसी दूसरी तरकीबों के लिए मज़बूत आधार देती है।

ऊब का यूज़ करना

ऊब, आम तौर पर, एक अनचाही हालत है। हमें ऊबना पसंद नहीं और हम इसे दूर रखने के लिए ढेर सारी चीज़ें करते हैं। पॉडकास्ट, म्यूज़िक, हमारे फोन, भावनात्मक खुराक और बाक़ी सब वो ऑप्शन्स हैं जो डोपामाइन के ज़रिए ऊब से लड़ने में मदद करते हैं। लेकिन आप इस हालत को अपने फायदे के लिए यूज़ कर सकते हैं। ऊब डोपामाइन कम करती है क्योंकि उसमें कोई उत्तेजना नहीं होती, लेकिन साथ ही हमें नई चीज़ें आज़माने और हमारे दिमाग़ को सक्रिय करने के लिए प्रेरित करती है, ना कि बस आसान सामग्री को खपत करने के लिए।

ऊब उत्पादकता और रचनात्मकता को चिंगारी दे सकती है और उन कामों को ज़्यादा मज़ेदार बना सकती है जिनमें कम उत्तेजना होती है। हम ऊब का सामना करने के बाद रचनात्मकता में बेहतर प्रदर्शन कर सकते हैं और चीज़ों का ज़्यादा गहराई से आनंद ले सकते हैं।

ऊब को दिमाग़ी उत्तेजना की तलाश के रूप में परिभाषित किया जा सकता है—हम कुछ ऐसा चाहते हैं जो हमारे दिमाग़ को जोड़े। जब ये नहीं मिलता, तो हमारा दिमाग़ अपनी कल्पना, समस्या समाधान और रचनात्मक क़ाबिलियत के ज़रिए उत्तेजना पैदा करता है।

अक्सर, हम ख़ुद को एक मिनट के लिए भी ऊबने नहीं देते और ये थोड़ा तनाव पैदा करता है और हमारे मानसिक स्वास्थ्य पर दबाव डाल सकता है। ऊब रिचार्ज करने का मौक़ा दे सकती है और ज़्यादा सजग ढंग से जुड़ने में मदद कर सकती है (*दुचार्मे, 2019, बीइंग बोर्ड इज गुड फॉर यू—इफ यू डू इट राइट। हेयर इज हाऊ*)।

आप ऊब को अपने हक़ में कैसे यूज़ कर सकते हैं? ख़ुद को बिना उत्तेजना के रहने दीजिए। अपने दिमाग़ को भटकने दीजिए और अलग-अलग जगहों पर जाने दीजिए, देखिए कि जब आप ज़्यादा कोशिश नहीं कर रहे, तो कौन

से विचार और आइडियाज़ दिमाग़ में आते हैं (*दुचार्मे, 2019, बीईंग बोर्ड इज गुड फॉर यू—इफ यू डू इट राइट। हेयर इज हाऊ*)।

जब आप कुछ जाना-पहचाना, आसान और ग़ैर-उत्तेजक काम कर रहे हैं, जैसे टहलना या बैठना, तो दिमाग़ को भटकने देना आसान होता है। कोई उत्तेजना मत रखिए, जैसे म्यूज़िक, सोशल मीडिया या कुछ और (*दुचार्मे, 2019, बीईंग बोर्ड इज गुड फॉर यू—इफ यू डू इट राइट। हेयर इज हाऊ*)।

ख़ासकर शुरुआत में ये मुश्किल और तनाव भरा हो सकता है, क्योंकि हमें ऊबने की आदत नहीं। वाक़ई, फोन और दूसरे डिवाइस हमारी ऊब सहने की क़ाबिलियत को कम करते हैं और, मज़े की बात ये कि ये हमारी रचनात्मकता और अकेले रहने की क़ाबिलियत को भी कम करते हैं।

आप कई हालातों में ऊब का अभ्यास कर सकते हैं। ख़ुद को किसी चीज से कनेक्ट मत होने दीजिए और अगली बार जब आप लाइन में इंतज़ार कर रहे हैं या सफ़र पर हों, तो स्क्रॉल, टेक्स्ट या चैट करने की कोशिश मत कीजिए। ख़ुद को 5, 10, 15 या ज़्यादा मिनट तक ऊबने की चुनौती दीजिए और देखिए कि इसके बाद गतिविधियाँ कैसी लगती हैं।

किसी रचनात्मक काम या कम उत्तेजना वाले काम पर ध्यान देने से पहले थोड़ा ऊबने की कोशिश करिए। देखिए कि इस काम के प्रति आपकी सोच कैसे बदलती है।

ऊब से डरिए मत—ये कुछ ऐसा है जो आपके दिमाग़ को उत्तेजित करता है और आपकी कल्पना को चालू करता है। ये आपके दिमाग़ की उन गतिविधियों के प्रति प्रतिक्रिया को भी बदल सकता है जो तुरंत मज़ा नहीं देतीं। ये डोपामाइन को कम करने में मदद कर सकता है, उस उत्तेजना को रोककर जो हमारे दिमाग़ को उछाल भरा और मनोरंजित महसूस करवाती है।

प्रक्रिया पर ध्यान देना

एक और ज़रूरी बात है नतीजों और खुद को पुरस्कृत महसूस करने का

मसला। किसी तरह की प्रशंसा या पुरस्कार डोपामाइन का स्तर ऊँचा रख सकते हैं। ज़िंदगी में हम वो मज़ेदार तस्वीर, वो चमकती कार, वो A+ ग्रेड और ढेर सारी चीज़ों की कामना करते हैं। एक प्यारे वीडियो से डोपामाइन का झटका लेना और उसे तुरंत पाना आसान है। पूरी प्रक्रिया एक मिनट से कम में हो सकती है और हमें तुरंत मज़े की आदत डाल देती है : मैंने देखा–मैं चाहता हूँ–मुझे मिल गया–मैं आगे बढ़ता हूँ।

ये प्रक्रिया ढेर सारी चीज़ों के लिए ठीक है, लेकिन दूसरों में हमें पीछे खींच सकती है। मिसाल के तौर पर, कसरत की आदत डालने में वक़्त लगता है और शुरू में इससे काफ़ी तकलीफ़ होती है। जब आप पहली बार कुछ दौड़ने जाते हैं, तो शायद आप दर्द और थकान महसूस करके घर लौटेंगे, ना कि कुछ मज़ेदार। आपको कोई बदलाव भी नज़र नहीं आएगा—दौड़ना और कसरत करना कई हफ़्तों में सकारात्मक असर दिखाता है। आपको अपने मूड, एनर्जी और अन्य बातों में छोटे बदलाव दिख सकते हैं, लेकिन अगर आप वज़न कम करने के लिए कसरत कर रहे हैं, तो आपको कुछ वक़्त तक कोई बदलाव नहीं दिखेगा।

कसरत की आदत कुछ समय बाद पुरस्कार देने वाली बन सकती है। वैसे ही लंबे समय के प्रोजेक्ट्स, जैसे कला, निजी और पेशेवर विकास, सीखना, स्किल्स बनाना और बाक़ी, जिनमें डोपामाइन देने में वक़्त लगता है, क्योंकि इनके नतीजे देखने में वक़्त लगता है।

अगर हम हर काम में नतीजे ढूँढ़ रहे हैं, तो हमें उन आदतों को बनाने और बढ़ाने में मुश्किल हो सकती है जो लंबे समय तक नतीजे नहीं देतीं। मिसाल के तौर पर, अगर आप किताब लिखना चाहते हो, तो आपको लिखना, एडिट करना और बाक़ी काम सीखना होगा। अगर आप सिर्फ़ आख़िरी नतीजे–किताब–को डोपामाइन और प्रेरणा का स्रोत मानते हों, तो आपको काफ़ी इंतज़ार करना पड़ेगा। इससे आपको लग सकता है कि आप अपने मक़सदों से बहुत दूर हैं और ये उन ढेर सारी बेहतरीन चीज़ों के

लिए सच है जो हम करना चाहते हैं। इनमें वक़्त, अनुशासन और मेहनत लगती है।

जब हम नतीजों पर ध्यान देते हैं, तो हम ख़ुद को नुक़सान में डाल सकते हैं, क्योंकि हम हालात के ख़त्म होने और नतीजों के साफ़ होने का इंतज़ार करते हैं। ये कई आदतों से मिलने वाले डोपामाइन की मात्रा को सीमित करता है और उन चीज़ों को करने की हमारी इच्छा को कम करता है जो हमें तरक़्क़ी के लिए चाहिए होती है।

नतीजों पर ध्यान देने की बजाय, हम प्रक्रिया पर ध्यान दे सकते हैं ताकि प्रेरणा और उत्पादकता बढ़े और जब डोपामाइन का स्तर पुरस्कार की उम्मीद में बहुत ज़्यादा हो जाए और हमारा ध्यान भटकाने लगे, तो उसे कम किया जा सके।

प्रक्रिया पर ध्यान देना हमारे डोपामाइन स्तर को कम करने के आख़िरी मक़सद को कैसे सहारा देता है? ये हमें इनाम की उम्मीद में डोपामाइन स्तर को कम करने देता है और इसके बजाय हम जो कर रहे हैं उस पर ध्यान देने और उस काम से मज़ा लेने की इजाज़त देता है। ये हमें तवज्जो देने के लिए प्रेरित करता है और जब हम प्रक्रिया पर केंद्रित होते हैं, तो उन भटकावों से बचते हैं जो चिढ़न और कुल मिलाकर भटकने की प्रवृत्ति को बढ़ाते हैं। ये डोपामाइन को कम करता है और हमें बिना तुरंत या जल्दी इनाम के वादे के काम करने की आदत डालता है, जो डोपामाइन की ऊँचाई के साथ आता है।

जब आप प्रक्रिया पर ज़्यादा ध्यान देते हैं, तो आप कई फायदे हासिल कर सकते हैं जो आपकी संतुष्टि और यहाँ तक कि नतीजों को बढ़ाते हैं।

नतीजों पर ध्यान देना अक्सर नाकामी की संभावना दिखाता है। अगर आप वैसा नहीं कर पाए जैसा आप चाहते थे, तो आप निराश हो सकते हैं। निराशा एक ऐसी हालत है जो सही पुरस्कार की भविष्यवाणी न कर पाने से पैदा होती है और इस तरह एक नकारात्मक हालत की ओर ले जाती है (इसके

उलट एक सुखद आश्चर्य जो हमारे दिमाग़ से छोड़े जाने वाले डोपामाइन की मात्रा को बढ़ाता है)। कुछ लोगों को निराशा का छोटा-सा अनुभव ही काफ़ी होता है ताकि वो जोखिम न लें या नतीजों की तलाश न करें (*त्ज़िएरोपोलस और अन्य, 2011 द इम्पैक्ट ऑफ डिसअप्वाइंटमेंट इन डिसीजन मेकिंग : इंटर-इंडिविज़ुअल डिफरेंसेज एंड इलेक्ट्रिकल न्यूरोइमेजिंग*)। हालाँकि ये डोपामाइन स्तर कम करने की कोशिश में अच्छा लग सकता है, लेकिन व्यवहार में, ये हमें दूसरी चरम सीमा पर ले जाता है और हमारी आत्म-सुधार और विकास की योजनाओं में बड़ी सेंध लगा सकता है।

जब आप प्रक्रिया पर ध्यान देते हैं, तो आप ख़ुद को निराशा से बचा सकते हैं। आप फिर भी अपने मक़सद को पूरा कर लेंगे और नतीजों के कम होने से हतोत्साहित होने की संभावना कम कर देंगे।

इसका एक और फायदा ये है कि ये आपको डूबने और प्रवाह अवस्था में महसूस करने देता है, एक ऐसी अवस्था जो ज़्यादा संतुलित डोपामाइन स्तर, बढ़ी हुई रचनात्मकता और संतुष्टि और बेहतर ज़िंदगी की गुणवत्ता से जुड़ी है। प्रवाह अवस्थाएँ दिमाग़ और शरीर पर सकारात्मक असर से जुड़ी हैं (*गोल्ड और सियोरसियारी, 2020, ए रिव्यू ऑन द रोल ऑफ न्यूरोसाइंस ऑफ फ्लो स्टेट इन द मॉडर्न वर्ल्ड*)।

प्रवाह अवस्था तब होती है जब आप ख़ुद को पूरी तरह से उस काम में डुबो देते हैं जो आप कर रहे हैं, बिना नतीजों की परवाह किए हुए। प्रवाह अवस्था की ख़ासियतें हैं (*गोल्ड और सियोरसियारी, 2020, ए रिव्यू ऑन द रोल ऑफ न्यूरोसाइंस ऑफ फ्लो स्टेट इन द मॉडर्न वर्ल्ड*) :

- सर्वोत्तम और सहज प्रदर्शन
- पूरा ध्यान उस गतिविधि पर होना
- दूसरे विचारों और ख़ुद की जागरूकता का कम होना, जिसमें नकारात्मक विचार, आइडियाज़ या शक शामिल हैं

- ऐसा लगना कि वक़्त उड़ रहा है, वक़्त बीतने की जागरूकता खोना (घंटे जल्दी बीत जाते हैं)

जब आप प्रवाह अवस्था में होते हो, तो आप अपने सबसे अच्छे स्तर पर काम कर रहे होते हैं। एक ज़रूरी बात ये है कि ये आपको रचनात्मक और उत्पादक होने देता है बिना इस चिंता के कि आप अच्छा कर रहे हैं या बुरा।

सवाल यह है कि आप प्रवाह अवस्था कैसे हासिल कर सकते हैं? प्रक्रिया पर ध्यान देकर। यहाँ बताया गया है कि इसमें क्या शामिल है :

सबसे पहले, आपको ख़ुद को वक़्त देना होगा। आपको बिना भटकाव के कुछ वक़्त चाहिए ताकि आप इसे सचमुच अनुभव कर सकें। इसे संभालने के लिए, दो बुनियादी तरकीबें हैं जो आपकी मदद कर सकती हैं।

पोमोडोरो तकनीक

पोमोडोरो तकनीक एक ऐसी तकनीक है जिसमें आप अपने काम को वक़्त के टुकड़ों में बाँटते हैं : पारंपरिक रूप से, 25 मिनट के टुकड़े जिनके बीच 5 मिनट का ब्रेक होता है। आप एक टाइमर सेट कर सकते हैं जो आपको पोमोडोरो की याद दिलाए और ख़ुद को उस काम में डुबो दें। अगर आप कुछ न कर पाएँ, तो कोई बात नहीं; ब्रेक लें और फिर कोशिश करें। मक़सद, हालाँकि, जो कुछ भी आप कर रहे हैं उस पर ध्यान देना और 25 मिनट के दौरान भटकावों को कम करना है। इस वक़्त के लिए अपनी पूरी तवज्जो उस काम को दें जो आप करना चाहते हैं (*सिरिलो, 2006, पोमोडोरो तकनीक*)।

हालाँकि पोमोडोरो तकनीक हर हालात या हर तरह के काम के लिए काम नहीं करती। कुछ लोगों को लगता है कि उन्हें बार-बार ध्यान बदलना पड़ता है या पोमोडोरो उतना ध्यान देने में मदद नहीं करता जितना चाहिए। आप प्रयोग कर सकते हैं; मिसाल के तौर पर, छोटे या लंबे बिना रुकावट

के काम के दौर को आजमाइए, देखिए कि शांत संगीतमय संगीत या कोई अन्य बात आपको ध्यान देने में मदद करता है या नहीं।

कुछ लोग पोमोडोरो की बजाय टाइम ब्लॉकिंग या टाइमबॉक्सिंग करना पसंद करते हैं। वो अपने पूरे दिन और यहाँ तक कि पूरे काम के हफ़्ते की योजना बनाने के लिए वही तरीक़ा यूज़ करते हैं।

टाइम ब्लॉकिंग

टाइम ब्लॉकिंग पोमोडोरो तकनीक जैसी है, लेकिन यह प्रवाह अवस्थाओं से आगे की बात करती है और प्रक्रिया पर गहरा ध्यान केंद्रित करती है। ये आपको अपने दिन को वक़्त के टुकड़ों (जिन्हें टाइमबॉक्स भी कहते हैं) में बाँटने और हर टुकड़े के लिए सिर्फ़ एक तरह की गतिविधि शेड्यूल करने के लिए प्रेरित करती है (*स्क्रॉग्स, 2021, टाइम ब्लॉकिंग*)।

मिसाल के तौर पर :

10 :00 सुबह–12:00 दोपहर : नए क्लाइंट प्रस्ताव पर काम

12 :00 दोपहर–1:00 दोपहर : लंच ब्रेक

1 :00 दोपहर–2:00 दोपहर : ईमेल और मैसेज चेक करना और जवाब देना

2 :00 दोपहर–5:00 शाम : नए प्रोजेक्ट पर काम

टाइम ब्लॉकिंग आपको सचमुच ज़ोन में आने और अपनी पूरी कोशिश के साथ काम करने देता है, वो भी उस गतिविधि में डूबकर। ये ज़्यादा मज़ेदार, चुनौतीपूर्ण बन जाता है और गतिविधियों के बीच बदलने में लगने वाले

तनाव और संसाधनों को कम करता है (*स्क्रॉग्स, 2021, टाइम ब्लॉकिंग*)।

टाइम ब्लॉकिंग एक ताज़ा प्रस्ताव है जिसने काम और दूसरी जगहों पर बेहतर नतीजे दिखाए हैं और ये प्रक्रिया पर ध्यान देने और नतीजों को अपने आप बेहतर होने देने की उपयोगी रणनीति है, बिना क्वालिटी की चिंता या तनाव के (*स्क्रॉग्स, 2021, टाइम ब्लॉकिंग*)।

प्रवाह अवस्था हमें पुरस्कारों या तत्काल के नतीजों और भटकावों को भूलने में मदद कर सकती है ताकि डोपामाइन स्तर कुल मिलाकर कम हो।

चुनौती बनाइए

कुछ काम अपने आप में काफ़ी उबाऊ हो सकते हैं। अगर उनमें ज़्यादा वक़्त लगता है, तो आपका दिमाग़ भटक सकता है और दूसरी चीज़ों पर ध्यान देना शुरू कर सकता है, जो आपको प्रक्रिया से दूर ले जा सकता है। यहाँ अपनी प्रवाह अवस्था को बेहतर करने का एक तरीक़ा है—ख़ुद के लिए एक चुनौती बनाना।

ख़ुद को चुनौती दीजिए कि चीज़ों को ज़्यादा तेज़ी से, बेहतर या उस तरीक़े से किया जाए जो आपकी आदत से अलग हो। यहाँ तक कि उबाऊ काम भी थोड़े ज़्यादा रोमांचक हो सकते हैं और प्रवाह अवस्था को बढ़ावा देने वाली चुनौती बना सकते हैं जब आप अपने काम से जुड़े मक़सदों के अलावा अपने ख़ुद के मक़सद सेट करते हैं।

कल्पना कीजिए कि आपको अपनी मेज़ को व्यवस्थित करना है। ख़ुद को चुनौती दीजिए कि इसे 30 मिनट से कम में करना है, आधे कागज़ों को हटाना है या पूरी चीज़ को नए सिरे से करना है। भले ही आपको साफ़-सफ़ाई का आइडिया पसंद न हो, आप इसे ज़्यादा मज़ेदार और केंद्रित ढंग से कर सकते हैं जब इसमें मुश्किल का एक और स्तर जुड़ जाए।

आप काम को एक गेम में भी बदल सकते हैं। यहाँ तक कि उबाऊ और एक रस काम भी रोमांचक हो सकते हैं जब उन्हें गेम की तरह लिया जाए,

जिसमें पॉइंट्स हों या दिमाग़ में एक मज़ेदार ढाँचा हो। ख़ुद को एक गुप्त एजेंट की तरह कल्पना कीजिए जिसे शक पैदा किए बिना काम करना है या एक एलियन की तरह जिसे पूरी तरह मानवीय मेज़ बनाकर घुलना-मिलना है। अपनी कल्पना और रचनात्मकता का यूज़ करना किसी भी प्रक्रिया को ज़्यादा पुरस्कार देने वाला बना सकता है और प्रवाह अवस्था पैदा कर सकता है जहाँ पहले सिर्फ़ ऊब या चिढ़न थी।

प्रवाह अवस्था ज़्यादा डोपामाइन स्तर से जुड़ी है और अपने आप में पुरस्कार देने वाली है। प्रवाह अवस्था हासिल करने के लिए एक ज़रूरी बात है भटकावों को कम करने की ज़रूरत।

यह सुनिश्चित कीजिए कि सारी नोटिफिकेशन्स बंद हों और मैसेजिंग, ईमेल चेक करना और दूसरी भटकाने वाली गतिविधियों से जितना हो सके, बचा जा सके। प्रक्रिया में डूबने की कोशिश कीजिए और उसका आनंद उठाइए।

नतीजों पर ध्यान देने की बजाय प्रक्रिया पर ध्यान देना आपको प्रेरित रख सकता है और आपके प्रदर्शन को बेहतर कर सकता है। इसका मतलब यह है कि आपको अपनी कामयाबी से पुरस्कार महसूस करने के लिए किसी ख़ास नतीजे पर निर्भर रहने की ज़रूरत नहीं।

अपनी कामयाबियों का जश्न मनाना

हालाँकि आपके रोज़मर्रा में आप प्रक्रिया पर ध्यान देना चाहते हो, किसी बिंदु पर, आप नतीजों के साथ-साथ प्रक्रिया पर भी ग़ौर करना चाहेंगे। ख़ास तौर पर, आप उन नतीजों का जश्न मना सकते हैं जो आप हासिल करते हैं जब आप कुछ तरक़्क़ी देखते हो। लेकिन इसमें भी कुछ रुकावटें हैं।

अक्सर, हम अपनी कामयाबियों को पहचानने में नाकाम रहते हैं और उससे जुड़ा डोपामाइन नहीं पाते। भले ही हमारा मुख्य मक़सद डोपामाइन स्तर को कम करना हो, लेकिन हम इसके बिना नहीं रह सकते और इसे

उन स्रोतों से लेना बेहतर है जो हमें बेहतर करने, बेहतर होने और अपनी स्वस्थ आदतों और कामयाबियों को जारी रखने के लिए प्रेरित करें। हमारे पास कुछ ऐसा हो सकता है जो हमें पुरस्कृत करे, लेकिन हमें इसे पहचानना होगा और इसे ऐसा मानना होगा।

जब आप अपनी कामयाबी का जश्न मनाते हो, तो आप थोड़े वक़्त के लिए ज़्यादा चाहने के चक्र को रोक देते हैं। इससे उम्मीद पूरी होती है और आप बस उस पल में बने रह सकते हैं। ये लगातार ज़्यादा की तलाश से जुड़े डोपामाइन स्तर को कम करता है और आपको वर्तमान में संतुष्टि ढूँढ़ना सिखाता है। समय के साथ, ये उन डोपामाइन स्तरों को कम कर सकता है जो आपको अगली सबसे अच्छी चीज़ की तलाश में भागने को मजबूर करते हैं और इसके बजाय जो हो रहा है उस पर ध्यान केंद्रित करता है।

इसके लिए एक आम रुकावट है पूर्णतावाद : चाहे आपने कितना भी अच्छा किया हो, आप को लगता है कि आप और बेहतर कर सकते थे। पूर्णतावाद हमें अपनी कामयाबी को गर्व के साथ देखने और जो कुछ हमने हासिल किया, उसे पहचानने, यहाँ तक कि जश्न मनाने से डराता है।

पूर्णतावाद हमें कम प्रेरित कर सकता है और हमारी कामयाबियों को कम क़ीमती बना सकता है क्योंकि हमें लगता है कि वो काफ़ी अच्छी नहीं हैं या हमारे अपने बनाए आंतरिक मापदंड को पार नहीं करतीं। इसका मतलब है कि भले ही हम कितना ही अच्छा क्यों न करें, हम अपनी कामयाबियों को नहीं पहचानते बल्कि नकारात्मक पहलुओं पर ज्यादा ध्यान देते हैं, जो निराशा और, इसकी वजह से, डोपामाइन में कमी और प्रेरणा की हानि की ओर ले जाता है (*त्ज़िएरोपोलस और अन्य, 2011, द इम्पैक्ट ऑफ डिसअप्वाइंटमेंट इन डिसीजन मेकिंग : इंटरनल इंडिविज़ुअल डिफरेंसेज़ एंड इलेक्ट्रिकल न्यूरोइमेजिंग*)।

पूर्णतावाद का मुक़ाबला करना, हालाँकि, जितना लगता है, उससे ज़्यादा आसान है। इसमें अपनी कामयाबियों का जश्न मनाने, पहचानने

और मज़ा लेने की सचेत कोशिश शामिल है, बिना उन्हें कम क़ीमती बनाए। हम एक सकारात्मक चक्र बनाने के लिए फ़ीडबैक लूप के आइडिया का यूज़ कर सकते हैं जो हमें आगे बढ़ने के लिए प्रेरित करता है।

जब हम कोई नतीजा हासिल करते हैं, तो हम उस कामयाबी की भावनाओं पर ध्यान दे सकते हैं, भले ही वो छोटा या बीच का ही क़दम क्यों न हो। लेकिन इन कामयाबी की भावनाओं से, हम और ज़्यादा और बेहतर मक़सदों की तरफ़ बढ़ सकते हैं (*लुकन्स, 2015, हाऊ टु टैप इंटू न्यूरोसाइंस ऑफ विनिंग*)।

भले ही आपकी कामयाबी छोटी हो, एक पल ठहरिए और जागरूक बनिए। ख़ुद को उस अच्छे एहसास को अनुभव करने दीजिए जो करने और हासिल करने से आता है। अक्सर, हम ख़ुद को रोक लेते हैं, ख़ुद को नीचे लाकर (जैसे, "ये कोई बड़ी बात नहीं थी," या "यह कोई भी ये कर सकता था," या "ये और बेहतर हो सकता था") या अपने दिमाग़ को उस स्थिति का मज़ा लेने न देकर। हमें कभी-कभी चिंता होती है कि ऐसा करने से हम आत्मसंतुष्ट हो जाएँगे, लेकिन ये सच नहीं है—ये हमें भविष्य में नई चीज़ें आज़माने और हासिल करने की ज़्यादा प्रेरणा दे सकता है (*लुकन्स, 2015,हाऊ टु टैप इंटू न्यूरोसाइंस ऑफ विनिंग*)।

जब आप अपनी कामयाबी का जश्न मनाते हैं, तो आपका दिमाग़ इस बिंदु तक पहुँचने के लिए कि आपने जो कुछ किया, उस पर भी ध्यान देता है और भविष्य में इन प्रयासों को दोहराने का मज़बूत प्रोत्साहन देता है (*गुथ्रिज, 2019 रिसेंटली सक्सीड एट समथिंग? सेलिब्रेटिंग इज गुड फॉर योर ब्रेन*)।

ये जागरूकता से शुरू होता है : आप क्या जश्न मना रहे हैं? आप इसे कैसे स्वीकार कर सकते हैं? आप इस कामयाबी को चिह्नित करने का तरीक़ा ढूँढ़ सकते हैं; मिसाल के तौर पर, इसे कैलेंडर में ख़ास ढंग से मार्क करके, इसके बारे में लिखकर, दोस्तों और प्रियजनों के साथ बाँटकर या जश्न के

लिए एक छोटा टोकन लेकर, जैसे एक शानदार ड्रिंक या डेज़र्ट। दूसरों के साथ जश्न मनाना अनुभव को ज़्यादा वास्तविक बना सकता है, ख़ासकर अगर दूसरे आपके उत्साह में शामिल हों (*गुथ्रिज, 2019, रिसेंटली सक्सीड एट समथिंग? सेलिब्रेटिंग इज गुड फॉर योर ब्रेन*)।

आप समविचारी लोगों का समूह ढूँढ़ सकते हैं और नियमित तौर पर जश्न मनाने का बहाना ढूँढ़ सकते हैं। मिसाल के तौर पर, अगर आप हफ़्ते में एक बार या दो हफ़्ते में एक बार मिलते हो, तो मीटिंग का अंत हर किसी के अपनी कामयाबियाँ बाँटने और बिना आलोचना या शक के तालियाँ पाने के लिए हो सकता है। सामाजिक मान्यता हमारी कामयाबियों से मिलने वाले डोपामाइन के झटके में काफ़ी कुछ जोड़ सकती है और इसे ज़्यादा ठोस महसूस करवा सकती है (*गुथ्रिज, 2019, रिसेंटली सक्सीड एट समथिंग? सेलिब्रेटिंग इज गुड फॉर योर ब्रेन*)।

अगर ऐसा कुछ मुमकिन न हो, तो ख़ुद के साथ जश्न मनाइए। मौक़े को चिह्नित करने के लिए एक ख़ास ट्रीट लीजिए, एक जीत का डांस कीजिए, एक अच्छा-ख़ासा ब्रेक लो–प्रयोग करिए और वो तरीक़ा ढूँढ़िए जो आपके लिए काम करे और आपको अपनी हर हासिल की चीज़ से संतुष्ट और ख़ुश छोड़े (*गुथ्रिज, 2019, रिसेंटली सक्सीड एट समथिंग? सेलिब्रेटिंग इज गुड फॉर योर ब्रेन*)।

जश्न मनाना पूर्णतावाद और अपनी कामयाबियों को कम क़ीमती मानने की प्रवृत्ति का एक तोड़ है। सकारात्मक भावनाओं को बढ़ाने का एक और विकल्प है कृतज्ञता का अभ्यास।

कृतज्ञता का मतलब है जो आपके पास है, जिसका आपने आनंद लिया और जो आपने हासिल किया, उसे पहचानना और उसकी क़द्र करना। हर उस चीज़ का नियमित रिकॉर्ड रखकर जिसके लिए हमें शुक्रगुज़ार होना चाहिए, हम अपने दिमाग़ को सकारात्मक चीज़ों पर ज़्यादा ध्यान देने और उन्हें पहचानने की ट्रेनिंग देते हैं। कृतज्ञता सकारात्मक भावनाओं

को बढ़ा सकती है, जिसमें कामयाबी से जुड़ी भावनाएँ शामिल हैं, जो एक सकारात्मक सुदृढ़ीकरण और प्रेरणा का चक्र ला सकती है, ना कि निराश होने या हार मानने की (*मैग्रो और ओरिलोस, 2012, ग्रैटिट्यूट एंड अचीवमेंट इमोशंन्स)*।

कृतज्ञता और जश्न मनाना आपको ये जागरूक करने में मदद करते हैं कि आप क्या-क्या हासिल कर रहे हैं और अपनी तरक़्क़ी को पहचानते हैं। हालाँकि, पूर्णतावाद का एक और ज़रूरी तोड़ है जिसे हम विचार और यूज़ कर सकते हैं। ये है **आत्म-करुणा** का अभ्यास। आइए इसे और गहराई से देखें।

आत्म-करुणा ख़ुद से स्वस्थ ढंग से जुड़ने का एक तरीक़ा है जिसे बढ़ाया जा सकता है और जो पूर्णतावाद के असर को कम कर सकता है। ख़ास तौर पर, ये हमें अपनी निराशा से बचा सकता है और यहाँ तक कि अवसाद के ख़िलाफ़ एक सुरक्षात्मक कारक के रूप में काम कर सकता है। आत्म-करुणा का मतलब है अपनी तकलीफ़ को समझने के लिए खुला होना और ख़ुद के प्रति दया और परवाह महसूस करने की इजाज़त देना। इसका मतलब है अपनी कमियों या ग़लतियों को पहचानते हुए भी बिना जजमेंट के रवैया अपनाना और बेहतर करने की कोशिश करना। आत्म-करूणा में बड़े मानवीय अनुभवों का सजगतापूर्ण स्वीकार भाव भी शामिल है जिसमें खुद को अत्यधिक बुरा या अक्षम मानने का भाव शामिल नहीं होता(फेरारी, येप, स्कॉट, आइंस्टीन और सियारोची, 2018, *सेल्फ-कम्पेशन मॉडेरेट्स द परफेक्शनिज्म एंड डिप्रेशन लिंक इन बोथ अडोलोसेंस एंड अडल्टहुड*)।

आत्म-करुणा में तीन बुनियादी तत्व हैं। पहला है आत्म-दया, जो आत्म-आलोचना का विरोध करती है और हमें नकारात्मक लेबल और जजमेंट से बचने देती है। फिर है सामान्य मानवता, जिसमें दूसरों से जुड़ना शामिल है ना कि ख़ुद को अलग करना या बुरा महसूस करना। तीसरा तत्व है सजगता, जिसमें—अनुभव को जैसा है वैसा देखना शामिल है, बिना किसी जजमेंट के (*फ़रारी, याप, स्कॉट, आइंस्टीन और सियारोची,*

2018, सेल्फ-कम्पेशन मॉडेरेट्स द परफेक्शनिज्म एंड डिप्रेशन लिंक इन बोथ अडोलोसेंस एंड अडल्टहुड)। हमने सजगता पर बात की है, तो हम आत्म-करुणा और इसके दूसरे हिस्सों पर ध्यान देंगे।

आत्म-करुणा का मतलब है अपनी दर्द और तकलीफ़ भरे अनुभवों के लिए खुला होना और ख़ुद के साथ सख़्ती या आलोचना के बिना व्यवहार करना। ये इंसान को तब भी दया दिखाने देता है जब वो पहचानता है कि उसमें कुछ कमी है। ये आपको ख़ुद को आपके किसी भी रूप में स्वीकार करने देता है जब आप सुधार की तरफ़ बढ़ते हैं (*फ़रारी, याप, स्कॉट, आइंस्टीन और सियारोची, 2018, सेल्फ-कम्पेशन मॉडेरेट्स द परफेक्शनिज्म एंड डिप्रेशन लिंक इन बोथ अडोलोसेंस एंड अडल्टहुड)*।

आप आत्म-करुणा कैसे बढ़ा सकते हैं? आप अपनी ख़ुद की आलोचना को कम करने पर ध्यान दे सकते हैं। स्वीकार कीजिए कि जब आप कोई ग़लती करते हैं या कुछ ऐसा करते हैं जिसका आपको पछतावा है, तो आप ख़ुद से कैसे बात करते हैं। स्वीकार कीजिए कि आप आलोचनात्मक हो रहे हैं और उन शब्दों की सख़्ती को कम करने की कोशिश कीजिए जो आप यूज़ कर रहे हैं। कल्पना कीजिए कि आप अपने किसी प्यारे दोस्त से बात कर रहे हैं—अगर उसने ग़लती की, तो आप उससे कैसे बात करेंगे? ये आमतौर पर आपको ज़्यादा दयालु और कम सख़्त महसूस करने में मदद करता है (*नेफ़, 2021, सेल्फ-कन्फेशन गाइडेड प्रैक्टिसेज एंड एक्सरसाइज़)*।

अपनी तकलीफ़ और दर्द को पहचानिए और उसे आने दीजिए। जो आप अनुभव कर रहे हैं, उसके लिए ख़ुद को जज मत करिए और ख़ुद के प्रति थोड़ी दया दिखाइए। आप क्या सुनना चाहते हैं? वो कौन सी बात है जो आपको आश्वस्त कर सकती है?

ख़ुद को वो शब्द दीजिए या ऐसे काम करिए जो आप दूसरों से उम्मीद करते हैं (*नेफ़, 2021, सेल्फ-कन्फेशन गाइडेड प्रैक्टिसेज एंड एक्सरसाइज़)*।

लोग अक्सर आत्म-करुणा का अभ्यास करने से डरते हैं, क्योंकि उन्हें लगता है कि इससे उनका काम ढीला पड़ जाएगा या वो बदलने को तैयार नहीं होंगे। लेकिन सबसे अच्छा और लंबा बदलाव आत्म-स्वीकृति और आत्म-प्यार की वजह से ही आता है।

आत्म-करुणा आपकी आदतों को बदलने में मदद कर सकती है और ज़्यादा डोपामाइन वाली गतिविधियों में आपकी उलझन को कम करने में सहारा दे सकती है और अगर आप किसी बिंदु पर पीछे हटते हैं, तो आपका समर्थन कर सकती है। सजगता की तरह, ये एक और बुनियादी रणनीति है जो आपको डोपामाइन स्तर कम करने की मुश्किल स्टेजों, जैसे किसी बात से चिढ़, ऊब या रास्ते से भटकने के दौरान मदद कर सकती है।

क्रियाशील ज़िंदगी के बदलाव

हम उन बर्ताव के बदलावों की बात कर रहे हैं जो आपको डोपामाइन में मदद कर सकते हैं। कुछ तो डोपामाइन की समस्या को सीधे संबोधित करते हैं, जैसे डोपामाइन डिटॉक्स और उपवास, जो आपको ज़्यादा डोपामाइन स्तरों से ब्रेक लेने देते हैं। कुछ डोपामाइन को अप्रत्यक्ष ढंग से भी संबोधित करते हैं। हालाँकि, हमारी आदतों और बर्तावों के अलावा, हमारी ज़िंदगी के तौर-तरीक़े भी हमारे डोपामाइन स्तर को प्रभावित कर सकते हैं, जो ये भी असर डालते हैं कि हमारा दिमाग़ डोपामाइन के प्रति कितना संवेदनशील होता है, ये डोपामाइन कैसे छोड़ता है और हमारी आदतों को बदलना या तुरंत मज़े के जाल में फँसना कितना आसान या मुश्किल है। आइए, डोपामाइन पर जैविक और शारीरिक कारकों के प्रभाव और हमारी रोज़मर्रा की नींद, खाने, कसरत इत्यादि का विश्लेषण करें और बाक़ी की आदतों के डोपामाइन को प्रभावित करने के तरीक़ों को देखें। यहाँ कुछ स्वस्थ आदतें, ज़िंदगी के बदलाव और व्यावहारिक तरकीबें दी गई हैं जिन्हें आप डोपामाइन को कम करने और इसे निचले आधार स्तर पर रखने के लिए यूज़ कर सकते हैं।

नींद

डोपामाइन के कई काम हैं और, दूसरी चीज़ों के अलावा, ये नींद और जागने के चक्र को नियंत्रित करने में शामिल है। ख़ास तौर पर, ये जागने के नियंत्रण से जुड़ा है और उचित नींद न लेने से प्रभावित हो सकता है।

बिना नींद की एक रात दिमाग़ में डोपामाइन की मात्रा बढ़ा सकती है। डोपामाइन जागने को बढ़ावा देता है और इसके ज़्यादा स्तर की वजह से सोना मुश्किल हो सकता है। साथ ही, ये बताता है कि अच्छी नींद न लेना डोपामाइन और इसके बढ़े हुए स्तरों की समस्याएँ पैदा कर सकता है, जिसके बौद्धिक प्रदर्शन और अलग-अलग आदतों पर प्रतिक्रिया के लिए भी असर दिखते हैं (*सोसायटी फ़ॉर न्यूरोसाइंस, 2008, वन स्लीपलेश नाइट इनक्रीज़ेज़ डोपामाइन इन द ह्यूमन ब्रेन*)।

अगर हम डोपामाइन स्तर कम करने की कोशिश कर रहे हैं और, ख़ास तौर पर, उपवास या डिटॉक्स कर रहे हैं, तो अच्छी नींद लेना ज़रूरी है, क्योंकि काफ़ी नींद न लेना दिमाग़ में डोपामाइन का स्तर बढ़ा सकता है और सोने में दिक़्क़त पैदा कर सकता है, जो हमें एक दुष्चक्र की ओर ले जा सकता है।

इसके अलावा, नींद हमारे आत्म-नियंत्रण के लिए ज़रूरी है। अच्छी नींद की आदतें हमें आत्म-नियंत्रण को रिचार्ज करती है और उसे बनाए रखने देती हैं, जबकि नींद की कमी आवेग, ध्यान देने में दिक़्क़त, चिढ़ और ऊब सहने में मुश्किल और ख़राब फ़ैसले लेने की ओर हमें ले जा सकती है (*पिल्चर, मॉरिस, डोनेली और फ़ीगल, इंटरएक्शन बिटवीन स्लीप हैबिट्स एंड सैल्फ कंट्रोल*)। इसका मतलब है कि नींद की कमी हमारे उन डोपामाइन बदलने वाली आदतों में शामिल होना काफ़ी मुश्किल बना सकती है जो हम बढ़ाना चाहते हैं, क्योंकि इनमें अक्सर ज़्यादा आत्म-नियंत्रण चाहिए। बिल्ली का वीडियो देखना ध्यान लगाने से ज़्यादा आसान

है, तो नींद की कमी का मतलब है कि तुरंत मज़े की हमारी तलब हमारे लंबे समय के मक़सदों पर जीत सकती है।

नींद की कमी के हमारे स्वास्थ्य पर और भी कई नकारात्मक असर होते हैं जो स्वस्थ और बेहतर ज़िंदगी की हमारी खोज को जटिल बना सकते हैं।

अच्छी नींद का मतलब है औसतन हर रात आठ घंटे या उससे ज़्यादा नींद लेना, नियमित नींद का शेड्यूल बनाए रखना और नींद की अच्छी क्वालिटी, जिसे सुबह तरोताज़ा और केंद्रित महसूस करके मापा जाता है।

पोषण

पोषण आपके डोपामाइन स्तर को स्वस्थ ढंग से बढ़ाने में मदद कर सकता है, बिना चीनी वाले खाने या उत्तेजकों से होने वाले ज़बरदस्त उतार-चढ़ाव पर निर्भर हुए। हर इंसान का खान-पान उसकी अपनी हालत और शरीर पर निर्भर करता है, लेकिन यहाँ कुछ पक्के सुझाव हैं जो आपको अपने मक़सदों को पूरा करने वाले खान-पान के प्लान बनाने में मदद करेंगे।

अब, चीनी वाले खाने और कैफ़ीन वाली चीज़ें अक्सर हमें डोपामाइन का ज़बरदस्त झटका देती हैं। लेकिन ये मज़ा ज़्यादा देर नहीं टिकता और हमारा दिमाग़ इन उत्तेजकों का आदी हो जाता है (यानी ज़्यादा चीनी और कैफ़ीन चाहिए, जो हमारे शरीर और सेहत के लिए बुरा हो सकता है) और इसका असर जल्दी ख़त्म हो जाता है, जिससे हम थकान महसूस करते हैं। बेहतर है कि ऐसी चीज़ें खाई जाए जो डोपामाइन बनाने में महत्त्वपूर्ण मदद करे और हमारे लिए अच्छी हों।

डोपामाइन को बेहतर करने के लिए टायरोसिन से भरपूर खाना खाइए, जो एक अमीनो एसिड है और बादाम, मछली और चिकन में पाया जाता है। प्रोबायोटिक्स वाले खमीरयुक्त खाने, जैसे केफर(दही जैसा एक ड्रिंक जो यूरेशिया के इलाके में खाने में प्रयुक्त होता है और पौष्टिक होता है) भी डोपामाइन के लिए फायदेमंद लगते हैं (*ओहवोवोरियोल, 2021, 7*

नेचुरल वेज़ टु इंक्रीज़ योर डोपामाइन लेवेल)। प्रोटीन और टायरोसिन से भरपूर खान-पान, जैसे टर्की, अंडे, डेयरी, सोया और दालें, हमारे दिमाग़ पर सकारात्मक असर डाल सकते हैं और डोपामाइन की ज़रूरत कम कर सकते हैं, क्योंकि ये ज़्यादा आसानी से उपलब्ध हो जाता है, जबकि प्रोटीन की कमी इसे और मुश्किल बना सकती है (*जुल्सन, 2018, 10 बेस्ट वेज़ टु इंक्रीज़ डोपामाइन नेचुरली*)।

टायरोसिन से भरपूर खाने में अक्सर प्रोटीन भी ज़्यादा होता है, जो इन्हें कई खान-पान योजनाओं में शानदार जोड़ बनाता है। साथ ही, ये दिमाग़ी कामकाज को बेहतर करने से भी जुड़े हैं, जो एक बोनस है। यहाँ कुछ खाद्य पदार्थों की सूची है जिनमें टायरोसिन ज़्यादा होता है (*कुहन और अन्य, 2017, फुड फॉर थाट : एसोसिएशन बिटवीन डायटरी टाइरोसिन एंड कॉग्नेटिव परफोरमेंस इन यंगर एंड ओल्डर एडल्ट्स*) :

- पनीर और डेयरी प्रोडक्ट्स
- सोया और सोयाबीन
- बीफ़, लैंब, पोर्क
- मछली (ख़ासकर सालमन)
- चिकन
- मेवे
- अंडे
- साबुत अनाज

इनके अलावा, एवोकाडो जैसी चीज़ें निराशा से उबरने में मदद कर सकती हैं, क्योंकि इनमें डोपामाइन होता है, वैसे ही जैसे केले, प्लांटैन और केले के छिलके (*ब्रिगुग्लियो और अन्य, 2018, डायटरी न्यूरोट्रांसमिटर्स : ए नैरेटिव रिव्यू ऑन करेंट नाउलेज*)। अगर आपको डोपामाइन का ज़बरदस्त

झटका महसूस हो रहा है, तो इन चीज़ों से बचना बेहतर हो सकता है। दूसरी तरफ़, संतरे, टमाटर, बैंगन, पालक और मटर जैसे खाने में दूसरी सब्ज़ियों की तुलना में डोपामाइन कम होता है (*ब्रिगुग्लियो और अन्य, 2018, डायटरी न्यूरोट्रांसमिटर्स : ए नैरेटिव रिव्यू ऑन करेंट नाउलेज*)।

अगर आप सप्लिमेंट्स ढूँढ़ रहे हैं जो डोपामाइन के बड़े झटकों को संभालने और इसे स्थिर रखने में मदद करें, साथ ही डोपामाइन के कुल स्तर को कम करने की कोशिश कर रहे हैं, तो कुछ सबूत हैं कि मैग्नीशियम और ओमेगा-3 जैसे सप्लिमेंट्स डोपामाइन बनाने में मदद कर सकते हैं। इन्हें चिढ़न या ध्यान भटकने की हालत में लेना ठीक नहीं, लेकिन ये आपके दिमाग़ को ऊब या तनाव की स्थिति में ज़्यादा डोपामाइन उपलब्ध कराने में मदद कर सकते हैं (*शेन और अन्य, 2019, ट्रीटमेंट ऑफ मैग्नेशियम-एल-थ्रीओनेट इलेवेट्स द मैग्निशियम लेवेल इन द सेरीब्रोस्पाइनल फ्लूड एंड एटेंनुएट्स मोटर डिफिशिट एंड डोपामाइन न्यूरॉन लॉस इन ए मॉस मॉडेल ऑफ पार्किनसन्स डिजीज; सबलेटे और अन्य 2014, पॉलीअनसैच्युरेटेड फैटी एसिड एसोशिएशन्स विथ डोपामाइनर्जिक इनडाइसेज़ इन मेजर डिप्रेसिव डिसऑर्डर*)।

सामान्य तौर पर, स्वस्थ खान-पान ज़्यादा स्थिर डोपामाइन स्तर को बढ़ावा देता है। हालाँकि, ये सबसे बड़ा फ़ैसला करने वाला कारक नहीं है। ख़ास तौर पर, अपने खान-पान में प्रोटीन की मात्रा बढ़ाने की कोशिश कीजिए और शराब, कॉफ़ी, चीनी और उत्तेजकों जैसी चीज़ों का सेवन कम करिए, जो डोपामाइन स्तर को अचानक बढ़ा और गिरा सकते हैं।

कसरत

कसरत करना डोपामाइन बढ़ाने और इसे स्थिर करने का एक और प्राकृतिक तरीक़ा है। कसरत डोपामाइन के रिलीज़ को बेहतर कर सकती है और एक अच्छी स्थिति बनाती है (एपीए, *2020, https ://www.apa.org/*

topics/exercise- fitness/stress)। जब हम कसरत की बात करते हैं, तो इसका मतलब कोई ख़ास तरह की गतिविधि या शारीरिक मेहनत का कोई ख़ास स्तर नहीं है। अपनी शारीरिक गतिविधि बढ़ाने से आपकी मानसिक और शारीरिक सेहत पर सकारात्मक असर पड़ता है और ये आपको कम डोपामाइन लेने देता है, लेकिन ऐसी गतिविधियों से जो आपके लिए अच्छी हैं, ना कि उनसे जो ध्यान भटकाती हैं। कसरत आपका ध्यान बेहतर कर सकती है, आपकी एनर्जी बढ़ा सकती है और आपको ढेर सारे दूसरे फायदे दे सकती है जो आपको ये एहसास दिलाते हैं कि आप कुछ अच्छा और उपयोगी कर रहे हैं—क्योंकि आप वाक़ई ऐसा कर रहे हैं!

टहलने, नाचने, जॉगिंग करने या किसी ऐसी शारीरिक गतिविधि की कोशिश कीजिए जो आपको तनाव से ज़्यादा मज़ा दे। घबराइए मत, क्योंकि 5 या 15 मिनट की कसरत भी फ़र्क़ ला सकती है। ऐसी गतिविधियाँ चुनिए जो मज़ेदार और आसान हों, ख़ासकर जब आप कसरत को अपनी रोज़मर्रा की ज़िंदगी में शामिल करना शुरू करें। अगर आपको जॉगिंग से नफ़रत है, तो पहले कुछ और आज़माइए।

कसरत को सामाजिक गतिविधि बनाना भी फायदेमंद है। ऐसे दोस्त या ग्रुप ढूँढ़िए जो आपके साथ कसरत कर सकें—ये ना सिर्फ़ आपकी ज़िम्मेदारी बढ़ाएगा, बल्कि कसरत से मिलने वाला मज़ा भी बढ़ा सकता है।

रिलैक्सेशन तकनीकें

रिलैक्सेशन हमारी उस कोशिश में एक मज़बूत हथियार हो सकता है जिसमें हम अपने दिमाग़ को कम डोपामाइन के साथ जीने की ट्रेनिंग दे रहे हैं। रिलैक्सेशन तकनीकें उन हालातों में हमें समाधान प्रदान करती हैं जब हम ऊब या चिढ़न महसूस करते हैं और हमें आवेगी फ़ैसले लेने से रोकती हैं। इसके अलावा, तनाव डोपामाइन स्तर को बढ़ा सकता है, लेकिन अच्छे तरीक़े से नहीं। ये हमें अच्छी चीज़ों के प्रति कम संवेदनशील बनाता है और

हमें प्रेरित या ख़ुश करने की बजाय चिड़चिड़ा और बेचैन करता है (*बैक, 2020, स्ट्रेस एंड द डोपामाइनर्जिक रिवार्ड सिस्टम*)। रिलैक्सेशन तकनीकें तनाव का आसान समाधान हैं जिन्हें आप ज़रूरत पड़ने पर आज़मा सकते हैं। कुछ दूसरों से ज़्यादा जटिल हैं, लेकिन आम तौर पर, इन्हें लागू करने में बस कुछ मिनट लगते हैं।

इन तकनीकों का मक़सद है आपके तनाव और उससे जुड़े डोपामाइन स्तर को कम करना। तनाव भी डोपामाइन रिलीज़ को उत्तेजित कर सकता है और हमें ज़िंदगी की छोटी चीज़ों के प्रति कम संवेदनशील बनाता है, जिससे हमें तुरंत और आसान डोपामाइन की खुराक चाहिए। रिलैक्सेशन तनाव का मुक़ाबला कर सकता है और इस समस्या से जुड़े डोपामाइन स्तर को कम कर सकता है, ताकि आप कम चिड़चिड़े, कम भटके हुए और ज़्यादा केंद्रित रहें।

प्रोग्रेसिव मसल रिलैक्सेशन

प्रोग्रेसिव मसल रिलैक्सेशन एक आसान तकनीक है जिसमें आप साँस लेते वक़्त मांसपेशियों के एक समूह को तानते हैं। इन्हें 4 से 10 सेकंड तक तना हुआ रखिए, फिर साँस छोड़ते वक़्त मांसपेशियों को ढीला करिए। कुछ सेकंड रिलैक्स करिए और फिर साँस लेते वक़्त दूसरा मांसपेशी समूह तानिए और साँस छोड़ते वक़्त ढीला कीजिए। ग़ौर कीजिए कि मांसपेशियाँ तनने पर कैसी लगती हैं और ढीली होने पर कैसी (*टूसेंट और अन्य, 2021, इफेक्टिवनेस ऑफ प्रोग्रेसिव मसल रिलेक्सेशन, डीप ब्रीदिंग, एंड गाइडेड इमेजरी इन प्रमोटिंग साइकलॉजिकल एंड फिजियोलॉजिकल स्टेट्स ऑफ रिलैक्सेशन*)। मांसपेशी समूह क्या होता है? ये मांसपेशियों का एक गुट है; यानी हर समूह को एक-एक करके तानना, जैसे पैर की उंगलियों से शुरू करके सिर तक जाना या उल्टा (*यूनिवर्सिटी ऑफ़ मिशिगन, 2020, स्ट्रेस मैनेजमेंट : डूईंग प्रोग्रेसिव मसल रिलैक्सेशन*)।

बॉक्स ब्रीदिंग

बॉक्स ब्रीदिंग या स्क्वायर ब्रीदिंग तनाव का तुरंत और आसान इलाज है। इसमें धीरे-धीरे साँस लेना और छोड़ना शामिल है। आप चार गिनते हुए साँस लेते हैं, चार गिनते हुए साँस रोकते हैं, चार गिनते हुए साँस छोड़ते हैं और फिर साँस लेने से पहले चार गिनते हुए साँस रोकते हैं (*टूसेंट और अन्य, 2021, इफेक्टिवनेस ऑफ प्रोग्रेसिव मसल रिलेक्शेशन, डीप ब्रीदिंग, एंड गाइडेड इमेजिरी इन प्रमोटिंग साइकलॉजिकल एंड फिजियोलॉजिकल स्टेट्स ऑफ रिलेक्सेशन, गॉटर, 2020, बॉक्स ब्रीदिंग)*।

बॉक्स ब्रीदिंग कहीं भी आसानी से की जा सकती है और ये वाक़ई काम करती है।

विज़ुअलाइज़ेशन और गाइडेड इमेजरी

विज़ुअलाइज़ेशन और गाइडेड इमेजरी ऐसी तकनीकों को कहते हैं जिसमें आप ऐसी सुखद दृश्य कल्पना करते हैं जो आपको रिलैक्स करें। विज़ुअलाइज़ेशन में आप ख़ुद करते हैं, जबकि गाइडेड इमेजरी में ऑडियो या वीडियो गाइड यूज़ करते हैं या कोई और आपको इसकी प्रक्रिया बताता है (*टूसेंट और अन्य, 2021, इफेक्टिवनेस ऑफ प्रोग्रेसिव मसल रिलेक्शेशन, डीप ब्रीदिंग, एंड गाइडेड इमेजिरी इन प्रमोटिंग साइकलॉजिकल एंड फिजियोलॉजिकल स्टेट्स ऑफ रिलेक्शेशन; गॉटर, 2020, बॉक्स ब्रीदिंग)*।

ऐसा रिलैक्सिंग सीन ढूँढ़िए जो आपके अंदर सुखद भावनाएँ और अनुभव जगाए। किसी के लिए ये समुद्र तट हो सकता है, किसी के लिए बचपन का घर। अगर आप गाइडेड इमेजरी कर रहे हैं, तो यह सुनिश्चित करिए कि आवाज़ आपको सुकून दे। इसे बारीकी से कल्पना करने की कोशिश कीजिए, अपनी सारी इंद्रियों को शामिल करके : वहाँ की ख़ुशबू

कैसी है, आपकी त्वचा पर क्या महसूस होता है, आप क्या सुन रहे हैं? नीले और हरे रंगों वाले दृश्य, जैसे आकाश या घास का मैदान, लाल या नारंगी जैसे रंगों से ज़्यादा मदद करते हैं। अपनी एक काल्पनिक जगह बनाइए, जिसमें आप बार-बार लौट सकें जब चीज़ें मुश्किल होती हों।

ऑटोजेनिक ट्रेनिंग

ऑटोजेनिक ट्रेनिंग एक और आसान तकनीक है। बस एक आरामदायक जगह पर बैठ जाइए जहाँ आप ख़ुद से बात कर सकें। कुछ मिनट तक गहरी साँस लीजिए, पेट से, ना कि छाती से। ख़ुद से कहिए कि आप शांत हैं।

अपना ध्यान अपनी बाहों पर ले जाइए और धीरे-धीरे, हल्की आवाज़ में कहिए : "मेरी बाहें बहुत भारी हैं।" इसे छह बार दुहराइए और ख़ुद से कहिए कि आप शांत हैं। फिर छह बार कहिए कि आपकी बाहें गर्म हैं। यही अपने पैरों और पेट के लिए करिए। अपनी साँस पर ध्यान दीजिए और ख़ुद से कहिए कि आपकी साँस धीमी है और आप शांत हैं (*कुनसिक, 2020, ऑटोजेनिक ट्रेनिंग फॉर रिड्यूशिंग एंग्जाइटी; स्टेटर एंड कुप्पर, 2002, ऑटोजेनिक ट्रेनिंग : ए मीटा एनालिसिस ऑफ क्लिनिकल आउटकम स्टडीज़)*।

आप ऑटोजेनिक ट्रेनिंग में दूसरी कमांड्स भी यूज़ कर सकते हैं। मक़सद है गहरी साँस और बोले गए निर्देशों को जोड़कर रिलैक्स महसूस करना। आप ऐसी दूसरी बातें चुन सकते हैं जो आपको सुकून दें, बस गहरी साँस लेना ना भूलें।

रिलैक्सेशन तकनीकें आपके तनाव को नियंत्रित करने और शरीर में डोपामाइन को कम करने में मदद करेंगी।

अपने चयन का प्रबंधन

हमने आपकी आदतों में बदलाव की बात की, लेकिन अब ज़रा फिर से देखते हैं कि आप तुरंत मज़ा देने वाले विकल्पों, जैसे सोशल मीडिया, ऐप्स

या गेम्स की आकर्षण को कैसे कम कर सकते हैं। आप कुछ क़दम उठा सकते हैं ताकि ये आसान विकल्प आपको कम लुभाएँ और कम ध्यान भटकाएँ। इन्हें आसान और बेहतर बनाइए और लंबे समय तक डोपामाइन स्तर को कम करने के लिए काम करिए ताकि ये ज़्यादा आसान हो।

डोपामाइन स्तर को कम करने में आपके चयन के प्रबंधन की क्या भूमिका है? ये उन उत्तेजनाओं को कम उपलब्ध कराता है जो डोपामाइन स्तर को सबसे ज़्यादा बढ़ाते हैं और इस तरह इनका विरोध करना ज़्यादा मुमकिन हो जाता है। ये हमें उस जगह पर टिकने में मदद करता है जब हम अभी भी अपनी पुरानी भटकाने वाली चीज़ों की तलब महसूस कर सकते हैं और हमारे दिमाग़ को ज़्यादा डोपामाइन स्तर से धीरे-धीरे छुड़ाता जाता है।

इसे पहुँच से बाहर कीजिए

पहली रणनीति है सोशल मीडिया, ऐप्स, इंटरनेट या उन ख़ास साइट्स तक अपनी पहुँच सीमित करना जो वक़्त बर्बाद करती हैं। आपको शायद पता है कि वो क्या हैं। मिसाल के तौर पर, शाम या रात को अपने कंप्यूटर या डिवाइस को बेडरूम से बाहर रखिए या अगर आपकी इच्छाशक्ति कम हो रही हो, तो उन्हें बिस्तर से दूर रखिए।

एक और समाधान है ऐसी ऐप्स इंस्टॉल करना जो ख़ास साइट्स या सोशल मीडिया को कुछ समय के लिए ब्लॉक कर दें और इसे अपनी ज़रूरतों के हिसाब से कस्टमाइज़ करें। कुछ ऐप्स इतनी सख़्त होती हैं कि वो कोई पहुँच नहीं देतीं या ऐसा करना मुश्किल कर देती हैं। यहाँ तक कि हर बार कुछ यूज़ करने के लिए लॉग आउट और लॉग इन करना भी उचित हो सकता है जहाँ आप ख़ुद से पूछ सकते हैं कि क्या आप वाक़ई ये करना चाहते हैं।

यही बात खाने, उत्तेजकों या दूसरी लुभावनी चीज़ों के लिए लागू होती हैं। सुनिश्चित कीजिए कि आप इन्हें दूर रखना चाहते हैं या इन आदतों को कम करने के लिए इन्हें खरीदिए ही मत। इन्हें किसी मुश्किल से पहुँचने

वाली जगह पर रखिए इसका मतलब है कि वो अभी भी वहाँ हैं, लेकिन आपको इन्हें खाने का फ़ैसला सचेत रूप से करना होगा और ज़्यादा मेहनत करनी होगी, जो इन्हें डोपामाइन की आसान खुराक के रूप में कम आकर्षक बनाता है। अगर आपको लगता है कि आप ऐसा नहीं कर सकते या इससे कोई फायदा नहीं होगा, तो सोचिए कि क्या आपके फ्रिज के निचले ड्रॉअर में सब्ज़ियाँ या फल ख़राब हुए हैं या कोई भूला-बसरा स्नैक्श है जिसे आप पैंट्री में भूल गए हों। यानी जितना मुश्किल किसी चीज़ तक पहुँचना होगा, उतनी कम संभावना है कि हम उसे यूज़ करेंगे।

कब करना है, इस पर नियंत्रण हासिल कीजिए

सब कुछ पहले से शेड्यूल कर लीजिए। अगर आपको पता है कि आपको शाम को सोशल मीडिया ऐप्स के साथ आधा घंटा मिलेगा, तो ये आपकी तलब को कम करने में मदद कर सकता है और उससे पहले इनका यूज़ करने की खिंचाव को सहना आसान बना सकता है। अगर आप वीकेंड पर एक शानदार डेज़र्ट प्लान करते हैं, तो आप शुक्रवार की मुश्किल को बिना ज़्यादा चीनी खाए पार कर सकते हैं।

इसके अलावा, भटकाव और इन ऐप्स की खिंचाव को कम करने की कोशिश कीजिए। नोटिफिकेशन्स बंद कर दीजिए, क्योंकि जब हम एक नोटिफिकेशन देखते हैं, तो हम जानना चाहते हैं कि वो क्या है और ये खिंचाव विरोध करने के लिए बहुत मुश्किल हो सकता है। सोशल मीडिया नोटिफिकेशन्स, मिसाल के तौर पर, अक्सर लाल रंग में होते हैं और हम उन पर क्लिक करना चाहते हैं। नोटिफिकेशन्स बंद करने की कोशिश कीजिए और अपनी ऐप्स तक पहुँचना मुश्किल बनाइए—मिसाल के तौर पर, अपने फोन से फेसबुक, इंस्टाग्राम या ट्विटर अनइंस्टॉल कर दीजिए; आप अभी भी ब्राउज़र से इन तक पहुँच सकते हैं, लेकिन इसके लिए अतिरिक्त क़दम चाहिए (*कोहलबाक, 2021, हाऊ टु इफेक्टिवली बीट सोशल मीडिया डिसट्रैक्शन*)।

कुछ लेखकों ने सुझाव दिया है कि अपने फोन को ग्रेस्केल कर दें और उन सुंदर रंगों को हटा दीजिए जो अनुभव का बड़ा हिस्सा बनाते हैं; ये कुछ लोगों के लिए अपने फोन या कंप्यूटर को कुछ समय के लिए कम रोमांचक बनाने का अच्छा तरीक़ा हो सकता है, हालाँकि ये ज़्यादा सतही समाधान है। ये कई गेम्स या ऐप्स की आकर्षण को भी कम कर सकता है जो अपनी दृश्य अपील पर निर्भर करते हैं *(हर्न, 2017, विल टर्निंग योर फोन टु ग्रेस्केल रीयली डू वंडर्स फॉर योर अटेंशन?)*

आप अपने फोन पर गेम्स या ऐप्स की आवाज़ भी बंद कर सकते हैं, क्योंकि नोटिफिकेशन्स अक्सर एक पिंग या ध्वनि के साथ आते हैं जो आपका ध्यान खींचते हैं।

सोशल मीडिया के लिए, अगर ये काम के लिए ज़रूरी है या परिवार और दोस्तों की अपडेट्स के लिए यूज़ करते हों, तो आप उन सारे अकाउंट्स और सामग्री की जाँच कर सकते हैं जिन्हें आप फॉलो करते हैं ताकि ये सुनिश्चित हो कि ये आपके मूल्यों और मक़सदों के साथ मेल खाते हैं। उन अकाउंट्स को डिलीट कर दीजिए या फॉलो करना बंद कर दीजिए जो आपको मीम्स के साथ वक़्त बर्बाद करने या बिना सोचे स्क्रॉल करने दे रहे हैं; सिर्फ़ वही सामग्री रखिए जो आपको लगता है कि आपको मूल्य देती है, चाहे वो सच्चा मज़ा हो, ना कि सिर्फ़ भटकाव या कुछ सीखना या सामाजिकता जैसी बातें।

इसका पता करते रहिए कि आपको कैसे बेवक़ूफ़ बनाया जा रहा है

कई चीज़ें हमें बेवक़ूफ़ बनाने के लिए डिज़ाइन की गई हैं, ताकि हम अपना पैसा और वक़्त उन चीज़ों पर ख़र्च करें जो हमें फायदा नहीं देतीं। वीडियो गेम डिज़ाइन, मिसाल के तौर पर, अक्सर ऐसी तरकीबें या रणनीतियाँ यूज़ करता है जो आपको उलझाए रखें और पैसा ख़र्च करने को मजबूर करें। सोशल मीडिया आपकी मानसिक कमज़ोरियों का फायदा उठा सकता है ताकि आप स्क्रॉल करते रहें।

जब आप इन बातों के बारे में ज़्यादा जागरूक हो जाते हैं, तो इनका विरोध करना आसान हो जाता है। अपने पसंदीदा सोशल मीडिया साइट्स या गेम्स के नैतिक सवालों के बारे में जानिए, ख़ासकर अगर आप बार-बार इनकी तरफ़ खिंचे चले जाते हैं। मक़सद ये नहीं कि आप सारा सोशल मीडिया या गेमिंग छोड़ दें, बल्कि ज़्यादा सचेत फ़ैसले लेना और ये जागरूक होना ज़रूरी है कि कब आपको आपके ही हितों के ख़िलाफ़ बेवक़ूफ़ बनाया जा रहा है।

आपके अपने मूल्य हैं जो अलग-अलग कंपनियों के मूल्यों के साथ टकरा सकते हैं या मेल खा सकते हैं। सचेत उपभोग में उन कंपनियों के साथ ना जुड़ने का फ़ैसला शामिल हो सकता है जो आपके मूल्यों के हिसाब से आपको नुक़सान पहुँचा रही हैं। साथ ही, आपको शायद लगे कि ये करना इतना आसान नहीं, क्योंकि कई कंपनियाँ हमारी रोज़मर्रा की ज़िंदगी में अहम रोल निभाती हैं और इनसे बचना मुश्किल हो सकता है। फिर भी, सचेत उपभोग आपको बेहतर करने में मदद कर सकता है और आपको ये एहसास दिला सकता है कि आपकी ज़िंदगी का ये हिस्सा आपके मूल्यों के साथ बेहतर मेल खाता है और आप चीज़ें इसलिए करते हैं क्योंकि आपने उसे करना चुना है, ना कि किसी मार्केटिंग योजनाओं या चालों में फँसकर आप ऐसा कर रहे हैं।

इसे बेहतर समझना आपको उन तलबों का विरोध करने और आम ट्रिगर्स, जैसे ऐप नोटिफिकेशन्स, के प्रति अलग ढंग से जवाब देने में आपको मदद कर सकता है। ये आपको सोशल मीडिया के साथ अपनी बातचीत में सशक्त महसूस करने देता है, ना कि अंधे होकर एल्गोरिदम का पालन करने या ऐप बनाने वालों को आपके लिए फ़ैसले लेने देने में।

दूसरी गतिविधियाँ ढूँढ़िए और उन्हें अपने दिन में शामिल कीजिए

जब तुरंत मज़ा देने वाला विकल्प सबसे ज़्यादा आकर्षक लगता है, तो उसमें फँसना आसान होता है। लेकिन अगर आपके पास ऐसी चीज़ें हों जो

सचमुच आपको दिलचस्प लगें और अलग ढंग से आकर्षित करें, तो क्या होता है?

आप नए शौक़, नई गतिविधियाँ, नए और अनोखे काम ढूँढ़ सकते हैं जो डोपामाइन को उत्तेजित करें और आपको बेहतर आदतें बनाने दें। अपने दिन को ऐसी दिलचस्प चीज़ों से भर दीजिए जो ज़्यादा आकर्षक हों और आपको ज़्यादा संतुष्टि दे सकें। शायद अब वो वक़्त है जब आप उस शौक़ को फिर से शुरू कर सकते हैं जो आपने वक़्त की कमी की वजह से छोड़ दिया था या उस कला को जिसे आप कब से आज़माना चाहते थे। नए डॉक्यूमेंट्रीज़ और कोर्स, स्किल्स या क्राफ्ट्स, खिलौने और गतिविधियों को चुनें जो आपको मज़ा दें।

अपने खाली वक़्त की प्लानिंग और सुधार में ज़्यादा निवेश कीजिए। वो कौन सी चीज़ें हैं जो आपको सचमुच लुभाती हैं? शायद आपको प्रकृति पसंद है या शायद आप नई टेक्नोलॉजी के दीवाने हों। शायद आपको खाना बनाना, ड्रॉइंग करना या मिट्टी से मूर्तियाँ बनाना पसंद हो। शायद कुछ ऐसे लोग हों जिनसे आप ज़्यादा मिलना चाहते हो।

जब आपका दिन ढेर सारी रोमांचक और नई गतिविधियों से भरा हो जो आपको पसंद हैं, तो बेमतलब चीज़ों से दूर रहना आसान हो जाता है। ये आपको उपलब्धि से जुड़ा डोपामाइन हासिल करने देता है और नई चीज़ें आज़माने और सीखने की आपकी प्रेरणा को आगे बढ़ाता है, जिससे एक सकारात्मक फ़ीडबैक लूप बनता है।

ऐसी गतिविधियाँ जो गहरी संतुष्टि से मज़बूत रूप से जुड़ी हैं और हमें अपनी बुरी आदतों को भूलने में मदद कर सकती हैं, उनमें सामाजिकता शामिल है। दूसरों के साथ रहना ज़्यादा संतुष्टिदायक और पुरस्कृत करने वाला होता है और दूसरों के साथ जुड़ने और बाँटने की हमारी ज़रूरत ज़बरदस्त होती है। सामाजिक गतिविधियाँ, जैसे दोस्तों से मिलना, किसी समारोह में जाना या किसी क्लास में हिस्सा लेना, हमें ज़्यादा प्रेरित महसूस करा सकती हैं।

नयापन एक और बड़ा कारक है। ये हमारे डोपामाइन तंत्र को उलझाता है क्योंकि हम ये अनुमान लगाने की कोशिश करते हैं कि हमें कुछ पसंद आएगा या नहीं और नई चीज़ का अनुभव करना मज़ेदार होता है। बेशक, अगर आपको लगता है कि आपको किसी गतिविधि से नफ़रत होगी, तो शायद आप उतने उत्साहित ना हो। फिर भी, अगर ये बात आपको आश्चर्य देती है, तो आपको जिस उपलब्धि का एहसास होगा, वो काफ़ी ज़्यादा मज़बूत होगा, लेकिन अगर ये वाक़ई आपको आश्चर्य नहीं देती, तो निराशा आपको हतोत्साहित कर सकती है।

सकारात्मक गतिविधियाँ ढूँढ़ना, ख़ासकर सामाजिक और ऐसी जो आपको घर से बाहर ले जाएँ, आपके दिमाग़ के लिए ज़्यादा डोपामाइन देने वाली चीज़ों में बड़ा फ़र्क़ ला सकता है। ये आपको नई चीज़ें और नए नज़रिए सीखने देता है जो आदत बदलने में मदद कर सकते हैं।

यात्रा पर जाइए

अगर बाक़ी सब कुछ नाकाम हो जाए, तो किसी नए इलाक़े की यात्रा आपके डोपामाइन को रीसेट करने में मदद कर सकती है। ये आपको आपके आम परिवेश से बाहर ले जाती है और कहीं नया ले आती है, जहाँ नकारात्मक बर्ताव के लिए ट्रिगर्स कम होते हैं और ढेर सारे रोमांचक अनुभव होते हैं। यहाँ तक कि एक छोटी यात्रा भी आपके दिमाग़ के लिए एक अच्छा झटका दे सकती है और आपको अपनी रोज़मर्रा की ज़िंदगी पर एक नया नज़रिया ढूँढ़ने में मदद कर सकती है।

यात्रा आम तौर पर अपने आप में आपकी आदतों में लंबे समय तक बदलाव लाने के लिए काफ़ी नहीं होती, लेकिन ये आपको एक छोटी सी जगह दे सकती है जिसमें आप सोच-विचार कर सकते हैं और उन बदलावों पर विचार कर सकते हैं जो आप करना चाहते हैं और अपनी ज़िंदगी में आप क्या ज़्यादा देखना चाहते हैं और कौन से अनुभव आपको सबसे ज़्यादा रोमांचित करते हैं।

यात्रा का मतलब किसी दूसरे देश की एक हफ़्ते की यात्रा होना ज़रूरी नहीं। आप किसी क़रीबी शहर की खोज कर सकते हैं। यहाँ तक कि अपने शहर के उस हिस्से में जाना जिसे आप नहीं जानते, वो नयापन का असर पैदा कर सकता है और आपको एक बिल्कुल नए जगह में पर्यटक जैसा महसूस करा सकता है।

नए संवेदनाओं की तलाश करो

इसे हासिल करने का एक और तरीक़ा है नए संवेदनाओं की तलाश करना। अपने दिन में कम से कम थोड़ा नयापन प्लान कीजिए; बस एक ऐसा अनुभव जो आपको कुछ ऐसा अनुभव करने दे जो आपने पहले नहीं किया। ये आपके दिमाग़ को छोटी और नियमित डोपामाइन की खुराक पर टिकने की ट्रेनिंग देगा, ना कि दिमाग़ में ढेर सारी उत्तेजना भरने की कोशिश करने के।

नए स्वाद और खाने, घर से काम पर या वापस आने का नया रास्ता, आपके बर्तन धोने वाले लिक्विड की नई ख़ुशबू—ऐसी चीज़ें आज़माने पर विचार कीजिए जो आपने पहले कभी नहीं कीं और ऐसी संवेदी अनुभव लीजिए जो आम या सामान्य नहीं हैं।

जब हम रूटीन में फँस जाते हैं, तो हमारे दिमाग़ का ऑटोपायलट बंद करना और मुश्किल हो जाता है। शायद आपके साथ पहले ऐसा हुआ हो। मान लीजिए आप अपने आम रास्ते पर गाड़ी चला रहे थे और फिर पहुँचने पर पाया कि आपको वाक़ई रास्ता याद नहीं। आपका दिमाग़ ऑटोपायलट पर था।

सजगता के बारे में आपको पहले से ही मालूम है, जो इस समस्या का तोड़ हो सकती है। लेकिन नयापन एक और विकल्प है। ये आपके दिमाग़ को आसान चीज़ों से नयापन की उम्मीद करने और पूरे हफ़्ते में डोपामाइन उत्पादन को बेहतर करने में भी मदद करता है।

आपको कुछ बिल्कुल नया और अलग आज़माने की ज़रूरत नहीं। बस विचार कीजिए कि आपको किस तरह का संवेदी अनुभव मिल सकता है। एक नई तरह की किताब या शौक़, एक ऐसी फ़िल्म जो आप ज़्यादातर वक़्त टालते रहे हों या कुछ और जो दिमाग़ में आए। नयापन दिमाग़ को ख़ुश और संतुष्ट रख सकता है।

आप ढेर सारी चीज़ें कर सकते हैं ताकि आपका दिमाग़ डोपामाइन कैसे लेता है और ये आपको कैसे प्रेरित करता है, उसे बदल सकें। आप अपनी प्रेरणा और जीवनशैली पर नियंत्रण ले सकते हैं ताकि ऐसे बदलाव लागू कर सकें जो आपको सकारात्मक, स्वस्थ आदतों पर ध्यान देने और मेहनत करने दें।

ये याद रखना ज़रूरी है कि डोपामाइन के अपने सकारात्मक और नकारात्मक पहलू हैं। हमें अच्छा काम करने, कामयाबी की उम्मीद करने और ज़्यादा हासिल करने की ओर बढ़ने के लिए इसकी ज़रूरत है। लेकिन आधुनिक दुनिया में कई चीज़ें हमारे डोपामाइन का इस्तेमाल उनके अपने हितों की सेवा करने के लिए करती हैं और ऐसा वे उसका रास्ता बदलवा कर करने की कोशिश करती हैं। इस रसायन के काम करने का तरीक़ा और इसे ज़्यादा प्रभावी ढंग से कैसे यूज़ करना है, इसे समझना हमारी ज़िंदगी को ठोस और सीधे ढंग से बेहतर करने में मदद कर सकता है।

आपका डोपामाइन एक ज़रूरी पदार्थ है—इसे मोलेक्यूल ऑफ मोर ('और ज़्यादा का अणु') वैसे ही नहीं कहा जाता (*लिबरमैन और लॉन्ग, 2019, मोलेक्यूल ऑफ मोर : हाऊ ए सिंगल मोलेक्यूल इन योर ब्रेन ड्राइव्स लव, सेक्स एंड क्रिएटिविटी—एंड डिटरमाइन द फेस ऑफ द ह्यूमन रेस)*। डोपामाइन ज़्यादा की चाहत और ख़ुद को प्रेरित करने का रसायन है। प्रेरणा के बिना, हम जीवन में बहुत कम हासिल कर सकते हैं। उन चीज़ों को छोड़कर जो सच्ची उपलब्धि और सच्ची कामयाबी को कम महत्त्वपूर्ण और मतलब भरे मक़सदों से बदल देती हैं, आप एक ऐसी

ज़िंदगी का निर्माण कर सकते हैं जो आपके मूल्यों के साथ मेल खाए और आपको उन चीज़ों को हासिल करने दे जो वाक़ई मायने रखती हैं—ऐसे मक़सद जो महत्त्वपूर्ण और उद्देश्यपूर्ण हों और आपको ये एहसास दिलाएँ कि आप दुनिया पर अपनी छाप छोड़ रहे हैं।

ऊपर दी गई रणनीतियों का यूज़ करके, आप अपने डोपामाइन स्तर को प्रभावी ढंग से नियंत्रित कर सकते हैं और इन्हें लगातार कम कर सकते हैं। इससे ना सिर्फ़ आप अपनी ज़िंदगी का ज़्यादा मज़ा लेंगे, बल्कि आप नियमित रूप से ज़िंदगी का मज़ा लेंगे और मतलब भरी, रूटीन और काम की गतिविधियों में ख़ुशी पाएँगे। ये आपको आपके दिमाग़ के कंट्रोल पैनल तक पहुँच देगा और आपको अपने सच्चे मक़सदों और उपलब्धियों को हासिल करने में सहायक होगा।

सारांश

- हालाँकि डोपामाइन दिमाग़ की रसायन शास्त्र का प्राकृतिक हिस्सा है, इसका ज़्यादा स्तर लत जैसे प्रोफ़ाइल की नक़ल कर सकते हैं और इसीलिए डोपामाइन डिटॉक्स हमारे दिमाग़ को इच्छित स्तर पर रीसेट करने में मदद कर सकता है और हमें नई, स्वस्थ तरीक़ों से चुनौती, प्रोत्साहन और नयापन अनुभव करने देता है।
- डिटॉक्सिंग में 'आसान' कामों को कम करना शामिल है जो कम मेहनत वाले डोपामाइन के झटके देते हैं (जैसे सोशल मीडिया, चीनी, शराब, शॉपिंग या अश्लील सामग्री) और इन्हें ध्यान लगाने, कसरत, उपवास, शौक़, पढ़ाई या खेल जैसी गतिविधियों से बदलना होता है।
- डिटॉक्स के दौरान ऊब, कमी, चिढ़न या यहाँ तक कि गुस्सा महसूस करना सामान्य बात है और ये इस बात का संकेत है कि ये शुद्धिकरण कितना ज़रूरी है! फिर भी, इस तकलीफ़ में टिके रहिए

और आप धीरे-धीरे ख़ुद को फिर से तरोताजा कर लेंगे। समय के साथ, आप अपने दिमाग़ को उत्पादक, स्वस्थ और मद्धिम गति के आनंद और उपलब्धियों का मज़ा लेने की ट्रेनिंग देने लगेंगे, ना कि तुरंत मज़ा और भटकाव का।

- अपनी ज़रूरतों के हिसाब से 1, 3 या 7 दिन का डिटॉक्स चुनिए और अपने दिमाग़ को फिर से तरोताजा करने और ये विचार करने का काम कीजिए कि आप अपनी ज़िंदगी में कौन से बर्ताव रखना चाहते हैं और कौन से बर्ताव को हानिकारक मानते हैं। रोमांच और तुरंत मज़े को कम करके, आप ख़ुद को अपनी ज़्यादा प्रामाणिक मूल्यों और इच्छाओं के बारे में गहराई से सोचने का मौक़ा देते हैं।
- 7 दिन का डिटॉक्स ज़बरदस्त हो सकता है, लेकिन इसके लिए पहले से कुछ रणनीतिक प्लानिंग की ज़रूरत होती है। सजगता और सोच-विचार के लिए ढेर सारे मौक़े शामिल कीजिए, अपनी ऊब पर नियंत्रण पाने का प्रयास करिए—बगैर उसका विरोध किए हुए और अपनी तलबों और उन तलबों को नकारने की प्रक्रिया पर ध्यान दीजिए।
- अच्छी नींद की आदतें, पोषण और कसरत आपके दिमाग़ को फिर से ऊर्जावान करने का हिस्सा और पार्सल हैं। जागरूकता और रिलैक्सेशन तकनीकों का खुलकर यूज़ कीजिए। इसका उद्देश्य खुद को किसी चीज़ से वंचित करना नहीं है, बल्कि मज़े, काम और जागरूकता के साथ अपने रिश्ते को फिर से बनाना है। इसका मक़सद है अपनी ज़िंदगी और आप जो अपने लिए सबसे ज़्यादा करना या निर्माण करना चाहते हैं, उस पर सचेत नियंत्रण और उस पर स्वामित्व हासिल करना।

भाग 2

वो खाना जो हमें ऊर्जा से भरपूर रखता है

कहते हैं कि आप वही हो जो आप खाते हो। सचमुच, पूरी तरह और शाब्दिक रूप से–आपके शरीर का हर अंग, ऊतक, अणु और यहाँ तक कि हर परमाणु कहीं न कहीं से आता है। आपका खाना, आपके दिमाग़ में बनने वाला हर नया तंत्रिका कनेक्शन, आपकी मांसपेशियों की हर हरकत और आपके सिर का हर बाल—ये सब आपके खाए हुए पोषण का सीधा नतीजा है—या उसकी कमी का। इतना ही नहीं, आप जो भी भोजन ग्रहण करते हैं वो आपकी डोपामाइन जैसे न्यूरोट्रांसमीटर्स बनाने की क़ाबिलियत को प्रभावित करता है, जो आपके हर अनुभव को आख़िरी बारीकी तक बदल देता है। सही पोषण शायद अपनी ज़िंदगी को नया रूप देने वाली किताब शुरू करने का थोड़ा बोरिंग तरीक़ा लगे, लेकिन ये कोई अतिशयोक्ति नहीं कि अगर आप बेहतर शारीरिक अनुभव बनाना चाहते हैं, तो आपको बुनियाद से शुरू करना होगा। खाना दो ज़बरदस्त काम करता है : ये आपको हर जैविक कामकाज को चलाने के लिए ज़रूरी ताक़त देता है जो आपको ज़िंदा रखता है और ये उन कच्चे माल को भी देता है जिन्हें आपका शरीर ख़ुद को ठीक करने और बनाने के लिए यूज़ करता है। इससे ज़्यादा बुनियादी बात और क्या हो सकती है?

हम जो खाना खाते हैं, वो हमारे हर काम, हमारी ऊर्जा के स्तर और हमारी कुल सेहत पर गहरा असर डालता है। पिछले कुछ दशकों में हमने पोषण के बारे में काफ़ी कुछ सीखा है, फिर भी सेहत सुधारने के लिए ढेर सारे उलट-पुलट विचार और सुझाव हैं। बस ज़रा देखिए कितने अलग-अलग खान-पान के तरीक़े लोग अपनाते हैं : कीटो, पेलियो या वेगन, जो ख़ुद को आपकी सारी समस्याओं का हल और बेहतर सेहत व लंबी ज़िंदगी

का रास्ता बताते हैं। यही वजह है कि ये विषय बायोहैकिंग कम्युनिटी के लिए इतना दिलचस्प है।

इस हिस्से में, हम पोषण से जुड़े कुछ सुझावों और रणनीतियों की बात करेंगे, मौजूदा सलाह को समझने की कोशिश करेंगे और प्रोबायोटिक्स, प्रीबायोटिक्स और खान-पान को बेहतर करके अपनी सेहत सुधारने की दूसरी आधुनिक तरकीबों पर कुछ वक़्त बिताएँगे। हम सबसे लोकप्रिय खान-पान योजनाओं की भी जाँच करेंगे और इनमें से हर एक से सबसे अच्छी सीख लेने की कोशिश करेंगे, भले ही हम कोई खान-पान योजना न चुनें या कोई अलग तरीक़ा अपनाएँ।

अध्याय 3

जीवन के लिए ईंधन

पोषण एक ऐसा विज्ञान है जो हमेशा आगे बढ़ रहा है और खाने के ज़रिए सेहत को बेहतर बनाने के नए विचार और जानकारियाँ देता है। लेकिन इसका ये भी मतलब है कि आज की सबसे आधुनिक जानकारी जल्दी ही पुरानी हो सकती है या ग़लत साबित हो सकती है। ये जानकारी मौजूदा रुझानों और विचारों पर आधारित है और आज की समझ को दर्शाती है, लेकिन इस विषय पर नई खोजों और विचारों के साथ अपडेट रहना ज़रूरी है ताकि आप सबसे सही फ़ैसले ले सकें।

खान-पान और पोषण के विशेषज्ञ माइकल पोलन (*2009, फुड रूल्स: ए ईटर्स मैनुअल)* ने खाने के मौजूदा नज़रिए को इन आसान नियमों में बयाँ किया है :

"खाना खाओ। ज़्यादा नहीं। लेकिन ज़्यादातर पौधों वाला।"

इसका मतलब है कि हमें ज़्यादातर असली खाना खाना चाहिए और कम प्रोसेस्ड चीज़ें खाना चाहिए और जटिल रसायनों वाली चीज़ें या नकली खाना खाने से बचना चाहिए। यही पहला नियम है। दूसरा नियम कहता है कि संतुलन के साथ और मॉडरेशन में खाइए, किसी भी चीज़ को ज़्यादा ना

खाएँ, जैसे कार्ब्स, फैट्स या यहाँ तक कि प्रोटीन और बहुत बड़े हिस्से या भोजन से बचें। ज़्यादा लिप्त होना दूसरी बड़ी चीज़ है जिस पर नज़र रखनी चाहिए और हर भोजन के हिस्से को कम करना बेहतर है बजाय इसके कि ज़्यादा खाकर, खाना ठूँसकर खाने की मेज़ से उठें। तीसरा नियम, बिल्कुल, फलों और सब्ज़ियों का ज़्यादा सेवन करने की बात करता है, क्योंकि ये सेहत के लिए बेहतर नतीजे देने की गारंटी देता है। प्रोटीन भी ज़रूरी है, लेकिन हर भोजन में ढेर सारी सब्ज़ियाँ और फल जोड़ना आपके खान-पान में बड़ा फ़र्क़ ला सकता है (*पोलन, 2009, फुड रूल्स : ए ईटर्स मैनुअल)*। सख़्त नियमों की बजाय ज़्यादा सामान्य सिद्धांतों का पालन करना आपको अपने खान-पान को बेहतर ढंग से नियंत्रित करने और सेहतमंद रहने में मदद कर सकता है। बहुत ठोस नियम, जैसे रोटी ना खाना—इसे पालन करना ज़्यादा मुश्किल और बंधनकारी होता है; बशर्ते ये एलर्जी या मेडिकल हालतों से जुड़े ना हों।

आप अपने खान-पान में बदलाव कर सकते हैं ताकि वो ज़्यादा सेहतमंद हो, बिना अपनी सारी आदतों को उलट-पुलट किए भी ऐसा किया जा सकता है। ज़्यादा फल और सब्ज़ियाँ और कम प्रोसेस्ड, ताज़ा चीज़ें शामिल करने की कोशिश करें। मछली, माँस, चिकन और ऐसी दूसरी चीज़ें ताज़ा ख़रीदकर और पकाने के लिए तैयार रखना बेहतर है बजाय पहले से पके हुए खाने के।

ऐसे खाने जो आपको पसंद हैं, उन्हें ज़्यादा रखने से घर पर खाना आसान हो जाता है। अक्सर, जब हम मज़ेदार खाने के बारे में सोचते हैं, तो सबसे पहले प्रोसेस्ड, मीठी और नमकीन चीज़ें जैसे चिप्स, बिस्कुट या चॉकलेट हमारे दिमाग़ में आती हैं। लेकिन प्राकृतिक खाना भी उतना ही मज़ेदार हो सकता है, ख़ासकर अगर आप अपनी पसंद को ध्यान में रखकर उसे तैयार करें। अगर आपको सालमन पसंद नहीं, तो सालमन खाने की ज़रूरत नहीं या अगर शतावरी नापसंद है, तो उसे खाने की भी ज़रूरत नहीं है। घर पर खाना बनाना आपको ऐसे डेज़र्ट्स और नाश्ते बनाने देता है जो दुकान में मिलने

वाली चीज़ों से ज़्यादा सेहतमंद हैं और ये बिना गिल्ट के मज़े लेने लायक भी हैं। यहाँ तक कि पारंपरिक रूप से अस्वस्थ समझे जाने वाले डेज़र्ट्स भी सही सामग्री से बनाए जाएँ तो पौष्टिक और मज़ेदार हो सकते हैं।

बेशक, हर किसी के पास हमेशा घर पर खाना बनाने या सारी सेहतमंद चीज़ों तक पहुँचने का मौक़ा नहीं होता। फिर भी, सोचिए कि आप इन आदर्श उद्देश्यों के कितने क़रीब जा सकते हैं। शायद आप हर दिन घर पर खाना ना बना सकें—लेकिन हर शुक्रवार या हफ़्ते में दो बार तो ऐसा कर ही सकते हैं। शायद आपको ढेर सारी ताज़ा सब्ज़ियाँ ना मिलें, लेकिन डिब्बाबंद या जमे हुए विकल्प तो आप ले ही सकते हैं। ये आसान रास्ता नहीं है, लेकिन छोटे-छोटे बदलाव भी आपके महसूस करने के तरीक़े और आपकी आदतों में बड़ा फ़र्क़ ला सकते हैं। ज़्यादा पौधे, कम खाना और ज़्यादा "असली" खाना एक टिकाऊ और सेहतमंद खान-पान बनाने में मदद करता है जो बायोहैकिंग प्रक्रिया की मज़बूत बुनियाद बन सकता है। सेहतमंद खान-पान शायद दूसरी प्रथाओं या हैक्स जितना रोमांचक ना हो, लेकिन ये अच्छी नींद के साथ मिलकर बेहतर और लंबी ज़िंदगी की नींव रखता है।

मेडिटेरेनियन खान-पान

मेडिटेरेनियन खान-पान को सेहत की समस्याओं से बचाव और लंबी उम्र के लिए सबसे मज़बूत और स्थापित खान-पान योजनाओं में से एक माना जाता है। इसे निवारक चिकित्सा का स्वर्ण मानक कहा जाता है, क्योंकि इसके फ़ायदों और दिल के दौरे, स्ट्रोक, मृत्यु, दिल की विफलता और अक्षमता के जोखिम को कम करने की अनोखी क़ाबिलियत के पक्ष में ढेर सारे सबूत हैं; ये बेहतर ज़िंदगी की गुणवत्ता और ज़्यादा संतुष्टि भी देता है *(मार्टिनेज़-गोंज़ालेज़ और मार्टिन-काल्वो, 2016, मेडिटेरियन डायट एंड लाइफ एक्सपेक्टेंसी;बियोंड ओलिव ऑयल, फ्रूट्स एंड वेजिटेबल्स)* ।इस

खान-पान के पीछे मज़बूत वैज्ञानिक तर्क है और ये उन लोगों के लिए सबसे अच्छे विकल्पों में से एक लगता है जो सेहतमंद खाना चाहते हैं, लंबा जीना चाहते हैं और अपने दिल की सेहत को मजबूत बनना चाहते हैं। मेडिटेरेनियन खान-पान ग्रीस और इटली जैसे मेडिटेरेनियन के क़रीबी देशों से जुड़ा है और इसमें इस इलाक़े की कई ख़ास चीज़ें शामिल हैं।

इस खान-पान में ढेर सारा पौधों पर आधारित खाना है, जैसे सब्ज़ियाँ, फल, मेवे, दालें और बिना प्रोसेस्ड अनाज। इसमें माँस और माँस के उत्पादों का सेवन कम है—ख़ासकर लाल माँस और सॉसेज जैसे प्रोसेस्ड माँस का। मछली का सेवन मध्यम से ज़्यादा है और डेयरी ज़्यादा नहीं, सिवाय पारंपरिक दही और कुछ ख़ास तरह के पनीर के। शराब इस खान-पान का हिस्सा है, लेकिन इसे मॉडरेशन में और खाने के साथ लिया जाता है। इसमें वाइन का इस्तेमाल होता है, ना कि दूसरी तरह की शराब का *(मार्टिनेज़-गोंज़ालेज़ और मार्टिन-काल्वो, 2016, मेडिटेरियन डायट एंड लाइफ एक्सपेंक्टेंसी;बियोंड ओलिव ऑयल, फ्रूट्स एंड वेजिटेबल्स)।*

मेडिटेरेनियन खान-पान में फैट्स का सेवन ज़्यादा है, जो इस खान-पान में खपत होने वाली चीज़ों का लगभग 40% हिस्सा है। लेकिन ज़्यादातर फैट्स सेहतमंद हैं–ख़ासकर जैतून का तेल। यहाँ खाए जाने वाले ज़्यादातर फैट्स फ़ायदेमंद मोनोअनसैचुरेटेड लिपिड्स हैं। एक्स्ट्रा-वर्जिन जैतून का तेल इस खान-पान में कुल कैलोरी का लगभग 10-15% हिस्सा हो सकता है *(मार्टिनेज़-गोंज़ालेज़ और मार्टिन-काल्वो, 2016, मेडिटेरियन डायट एंड लाइफ एक्सपेंक्टेंसी;बियोंड ओलिव ऑयल, फ्रूट्स एंड वेजिटेबल्स)।*

हालाँकि मेडिटेरेनियन खान-पान में फैट्स ज़्यादा हैं, लेकिन ये ज़्यादातर सेहतमंद फैट्स हैं। सेहतमंद फैट्स दिल की रक्षा करते हैं और इस खान-पान का एक बड़ा फ़ायदा दिल की समस्याओं से बचाव है। ऐसा लगता है कि जैतून का तेल को दूसरी फैट्स की जगह और खाना पकाने व स्वाद के

लिए इस्तेमाल करना एक अच्छी सीख है, जैसा कि दूसरी चीज़ों की तुलना में सेहतमंद फैट्स का सेवन बढ़ाना है।

ओकिनावन खान-पान

ओकिनावन खान-पान को मेडिटेरेनियन खान-पान का प्रतिद्वंद्वी माना जाता है। ऐसा इसलिए क्योंकि ये भी लंबी उम्र को बढ़ावा देने का सबूत देता है। दोनों खान-पान में कुछ खाने की समान आदतें हैं, जैसे ज़्यादा समुद्री खाना और सेहतमंद फैट्स का सेवन।

ओकिनावन खान-पान की मुख्य चीज़ें हैं जड़ वाली सब्ज़ियाँ (शकरकंद), हरी और पीली सब्ज़ियाँ, सोयाबीन पर आधारित खाना और औषधीय पौधे। समुद्री खाना और कम चर्बी वाला माँस प्रोटीन के स्रोत के रूप में मॉडरेशन में खाया जाता है। इसमें बिना रिफ़ाइंड कार्बोहाइड्रेट्स और सेहतमंद फैट्स का ज़्यादा सेवन है और मछली, दालें, सब्ज़ियाँ और कम चर्बी वाले माँस के साथ मध्यम प्रोटीन का सेवन है (*विलकॉक्स, स्कैपाग्निनी और विलकॉक्स, 2014, हेल्दी एजिंग डाइट्स अदर दैन द मेडिटेरियन :ए फोकस ऑन द ओकिनावा डाइट*)।

ये जापानी खान-पान दिल की बीमारियों और उम्र से जुड़ी दूसरी समस्याओं के कम जोखिम से जुड़ा है। ऐसा लगता है कि ये पूरी ज़िंदगी में बेहतर सेहत देता है और अपने फैट प्रोफ़ाइल की वजह से सूजन को कम करता है (*विलकॉक्स, स्कैपाग्निनी और विलकॉक्स, 2014, हेल्दी एजिंग डाइट्स अदर दैन द मेडिटेरियन : ए फोकस ऑन द ओकिनावा डाइट*)।

इस खान-पान से मुख्य सीख ये है कि प्रोटीन के स्रोत जो लाल या चर्बी वाले माँस नहीं हैं, वो बेहतर हैं; बल्कि, कम चर्बी वाला माँस, समुद्री खाना, दालें और सब्ज़ियाँ इसका ज़्यादा अच्छा स्रोत देती हैं। सेहतमंद फैट्स एक बार फिर सेहतमंद खान-पान के लिए ज़रूरी कारक के रूप में सामने आते हैं।

कीटो खान-पान

कीटो खान-पान हाल के महीनों में काफ़ी मशहूर हुआ है, लेकिन इसके लिए वैज्ञानिक समर्थन मेडिटेरेनियन खान-पान जितना उत्साहजनक नहीं है। कीटो खान-पान में कार्ब्स का सेवन काफ़ी कम करना और फैट्स का सेवन बढ़ाना शामिल है। इस खान-पान की मुख्य चीज़ें हैं : गाढ़े फैट्स, माँस, पॉल्ट्री, मछली, अंडे और पनीर। ये फल, दालें, साबुत अनाज और कुछ सब्ज़ियों का सेवन कम करता है या इन्हें पूरी तरह हटा देता है (*क्रॉस्बी और अन्य, 2021 कीटोजेनिक डाइट्स एंड क्रॉनिक डिजीज़ : वेटिंग द बेनिफिट्स अगेंस्ट द रिस्क्स*)।

कीटो या कीटोजेनिक, खान-पान में कार्बोहाइड्रेट्स कम, प्रोटीन मध्यम और फैट्स ज़्यादा होते हैं। इसका मक़सद है कीटोसिस की स्थिति पैदा करना, यानी कीटोन बॉडीज़ का उत्पादन, जो ऊर्जा का स्रोत बनता है और फैट जलाने को बढ़ावा देता है। कीटो खान-पान वज़न कम करने में मदद करता है और कुछ फ़ायदे देता है, जैसे ब्लड प्रेशर और ट्राइग्लिसराइड्स में कमी। लेकिन ये दिल की बीमारियों का जोखिम बढ़ा सकता है और लंबे समय तक इसे बनाए रखना मुश्किल हो सकता है (*बैच, लम्साल, एडकिन्स, सुल्तान और रामिरेज़, 2020, एडवांटेज एंड डिसएडवांटेज ऑफ द कीटोजेनिक डाइट : ए रिव्यू आर्टिकल*)।

कीटो खान-पान फल हटाने और सब्ज़ियाँ कम करने का सुझाव देता है, जो शायद ठीक नहीं। एक सख़्त खान-पान अल्पकालिक फ़ायदा दे सकता है, लेकिन इसे लंबे समय तक इसे बनाए रखना मुश्किल है। हालाँकि ये खान-पान में सेहतमंद फैट्स के महत्त्व को मज़बूत करता है, लेकिन लाल माँस, अंडे और मछली में आम तौर पर आने वाले संतृप्त फैट्स की मात्रा को लेकर कुछ चिंताएँ हैं। आख़िर में, कीटो खान-पान का एक नुक़सान ये है कि हालाँकि ये तेज़ी से फैट कम करता है, लेकिन ये पर्यावरण की दृष्टि से

टिकाऊ खाने का तरीक़ा नहीं है और जो लोग पशु उत्पादों से बचना चाहते हैं, उनके लिए इसे अपनाना लगभग असंभव है।

पेलियो खान-पान

पेलियो खान-पान इस विचार पर आधारित है कि हमें अपने पेलियोलिथिक युग के पूर्वजों की तरह खाना चाहिए, यानी ऐसी चीज़ें खानी चाहिए जो मानव प्रजाति की शुरुआत से खाई जा रही हैं। इसका मतलब है ज़्यादातर सब्ज़ियाँ, फल, मेवे, जड़ें और माँस (क्या आप थीम समझ रहे हैं?)। ये डेयरी उत्पादों, अनाज, चीनी, दालें, प्रोसेस्ड तेल, नमक, शराब और कॉफ़ी को बाहर रखता है। प्रोसेस्ड खाने से बचना चाहिए (*सचदेव, प्रिया और गायत्री, 2018, पेलियो डाइट—ए रिव्यू)*। पेलियो कुछ सेहत के फ़ायदे देता है, लेकिन फिर भी इसका समर्थन मेडिटेरेनियन खान-पान जितना स्पष्ट नहीं है। पेलियो सेहत के लिए सकारात्मक प्रभाव दिखाता है, लेकिन दूसरी सेहतमंद खान-पान योजनाओं से ज़्यादा नहीं (*जम्का और अन्य, 2020, द इफेक्ट ऑफ द पेलियोलिथिक डाइट वर्सेज़ हेल्दी डाइट्स ऑन ग्लूकोज़ एंड इंसूलिन होमियोस्टेसिस : ए सिस्टमेटिक रिव्यू एंड मेटा-एनालिसिस ऑफ रैंडमाइज्ड क्रंट्रोल्ड ट्रॉयल्स)*। ख़ास तौर पर, इस खान-पान में दालें, अनाज और डेयरी जैसे महत्त्वपूर्ण खानों को सीमित करना एक समस्या हो सकती है (*फ़ेंटन और फ़ेंटन, 2016, पेलियो डाइट्स स्टिल लैक्स एविडेंस)*। पेलियो खान-पान की ताक़त है सब्ज़ियों, फलों और मेवों पर ध्यान देना, साथ ही प्रोसेस्ड खाने से बचना। लेकिन लोग इसे सख़्त और टिकाऊ नहीं पाते और किसी भी ऐसे खान-पान की तरह जो बड़े खाद्य समूहों को बाहर करता है, इसमें खाने से जुड़ी गड़बड़ियाँ या "सही" चीज़ खाने की चिंता बढ़ने का ख़तरा हो सकता है।

खान-पान के सुझाव :

- सेहतमंद फैट्स का ज़्यादा सेवन
- माँस की बजाय कम चर्बी वाला माँस और मछली
- सब्ज़ियाँ और फल
- कम कार्ब्स और कम प्रोसेस्ड खाना

सुपरफूड्स और सप्लिमेंट्स

सुपरफूड्स की आजकल काफी चर्चा है, लेकिन ये ट्रेंड्स के साथ आते-जाते रहते हैं। सुपरफूड एक ऐसा शब्द है जो किसी ऐसे खाने के बारे में बताता है जिसमें ख़ास और ज़्यादा सेहतमंद गुण होते हैं जो अपने आप में सेहतमंद खान-पान में योगदान दे सकते हैं। सुपरफूड कहलाने के लिए, किसी खाने में एक दर्जन या ज़्यादा ऐसे गुण होने चाहिए जो इसे फ़ायदेमंद बनाएँ। ख़ास तौर पर, इसमें पॉलीअनसैचुरेटेड फैटी एसिड्स (ओमेगा-3 और 6), विटामिन्स, खनिज, प्रोबायोटिक्स, एंटीऑक्सिडेंट्स, ज़रूरी अमीनो एसिड्स, एंज़ाइम्स और ज़्यादा हो सकते हैं।

सुपरफूड्स के क्या फ़ायदे हैं? इनके विटामिन्स और दूसरे तत्व प्राकृतिक रूप से अवशोषित होते हैं, जिससे पोषण को बढ़ाना आसान हो जाता है। हालाँकि कोई एक सुपरफूड अपने आप सारी बीमारियों का इलाज नहीं हो सकता, लेकिन ये खान-पान में अच्छे विकल्प हो सकते हैं और सेहत व तंदुरुस्ती को बेहतर कर सकते हैं।

कुछ मान्यता प्राप्त सुपरफूड्स कौन से हैं? इनमें ब्लूबेरीज़ और रसबेरीज़, अकाई बेरीज़, अनार, अखरोट और बादाम, कोको, शकरकंद, मस्तिक, ब्रोकोली, पालक, स्पिरुलिना जैसी समुद्री शैवाल, किर, अदरक, चाय और शहद शामिल हैं (*प्रोएस्टोस, 2018, सुपरफूड्स : रिसेंट डेटा*

ऑन दियर रोल इन द प्रिवेंसन ऑफ डिजीजेज़)। इन सुपरफूड्स को जोड़ने से खान-पान बेहतर हो सकता है क्योंकि ये हमारे खाए हुए पोषक तत्वों की संख्या बढ़ाते हैं। ये खान-पान में फिट हो सकते हैं और ख़ास तौर पर अपने एंटीऑक्सिडेंट्स और विटामिन्स की वजह से ढेर सारे फ़ायदे दे सकते हैं।

बाज़ार में सैकड़ों अलग-अलग सप्लिमेंट्स मौजूद हैं। कुछ लोग ख़ास पदार्थों या ब्रांड्स की क़सम खाते हैं और बायोहैकर्स के अपने पसंदीदा विकल्प या ख़ास मक़सदों के लिए बनाए गए विशेष सप्लिमेंट्स होते हैं। लेकिन सप्लिमेंट्स की हक़ीक़त क्या है?

वे परफ़ेक्ट नहीं हैं और अपने आप कोई समस्या हल नहीं कर सकते। लेकिन अगर आपके खान-पान में कुछ ख़ास पदार्थों और तत्वों की कमी है जो आपके शरीर को वाक़ई चाहिए, तो ये ख़ास मक़सद हासिल करने और काफ़ी पोषक तत्व पाने में मदद कर सकते हैं।

सप्लिमेंट्स की आधुनिक समझ ये कहती है कि उन्हें सेहतमंद खान-पान का पूरक होना चाहिए और अपने आप काफ़ी नहीं हैं। सप्लिमेंट्स कई अलग-अलग स्वादों और मिश्रणों में आते हैं, साथ ही अलग-अलग रूपों में, जैसे गोलियाँ, पेय, पाउडर और अन्य रूपों में।

ऐसे सप्लिमेंट्स से सावधान रहना ज़रूरी है जो बहुत ज़्यादा वादे करते हैं। अगर कोई चीज़ नया चमत्कारी इलाज बताकर बेची जा रही है जो आपको ढेर सारी ताक़त देगा, आपकी सेहत ठीक करेगा और ज़्यादा, तो शायद ये एक ट्रेंड या घोटाला हो, ना कि कोई फ़ायदेमंद विकल्प। ख़ास तौर पर, ऐसी गोलियों से सावधान रहो जिनका मूल स्थान संदिग्ध हो या जो भरोसेमंद कंपनी ने ना बनाई हों।

सप्लिमेंट्स को आधिकारिक तंत्र जैसे FDA इतना नियंत्रित नहीं करता, इसलिए ये तभी हस्तक्षेप करते हैं जब कोई सप्लिमेंट गंभीर नुक़सान पहुँचा रहा हो। भरोसेमंद ब्रांड्स और जाने-माने विटामिन और

पोषक तत्वों के नामों पर टिके रहना ज़रूरी है, ना कि पौधों, जड़ी-बूटियों या रसायनों पर। कुछ गोलियाँ बेकार हो सकती हैं, जबकि कुछ साफ़ तौर पर हानिकारक हो सकती हैं। अगर आप दवाएँ लेते हैं, तो हर सामग्री की जाँच करना ज़रूरी है, क्योंकि प्राकृतिक जड़ी-बूटियाँ भी आपकी दवाओं के असर को बिगाड़ सकती हैं। मिसाल के तौर पर, एक्टिवेटेड चारकोल, जो कई सप्लिमेंट प्रोडक्ट्स और सेहतमंद पेय में एक फ़ैशनेबल चीज़ बन गया है, किसी भी दवा के असर को बेअसर कर सकता है (*वेबएमडी, 2021, एक्टिवेटेड चारकोल*)।

कुछ सप्लिमेंट्स का फ़ायदेमंद होने का अच्छा और मान्यता प्राप्त इतिहास है। B12 तंत्रिका सेहत को बेहतर कर सकता है, फोलिक एसिड अक्सर गर्भावस्था में लिया जाता है और लोगों में अक्सर विटामिन D की कमी होती है। मछली का तेल और ओमेगा सप्लिमेंट्स और अन्य इस तरह के सप्लिमेंट्स अच्छी तरह समझे जाते हैं और व्यापक रूप से खाए जाते हैं। कुछ ख़ास कमी या मुश्किलों वाले लोगों के लिए ये अक्सर सुझाए जाते हैं, लेकिन कई दूसरों के लिए वैज्ञानिक सबूत इतने स्पष्ट नहीं हैं। ख़ास तौर पर, मल्टीविटामिन्स के फ़ायदों पर अक्सर सवाल उठते हैं, ख़ासकर लंबे समय में और उन लोगों के लिए जो विविध और संतुलित खान-पान करते हैं (*यूनिवर्सिटी ऑफ़ यूटा, 2020, डू देज सप्लिमेंटस् एक्चुअली वर्क?*)। ये साफ़ है कि सप्लिमेंट्स बीमारियों को ठीक नहीं करेंगे या आपको ज़्यादा जीने नहीं देंगे, लेकिन ये अल्पकाल में आपकी सेहत को साफ़ तरीक़ों से बेहतर कर सकते हैं और आपकी ताक़त बढ़ा सकते हैं।

सप्लिमेंट्स हमेशा सुरक्षित नहीं होते। ज़्यादातर कोई सेहत समस्या नहीं पैदा करते और उससे कोई जोखिम नहीं होता, बशर्ते आप सुझाई गई रोज़ाना खुराक से ज़्यादा ना लें। जिगर की बीमारी जैसे पुराने रोगों वाले लोग, दवाएँ लेने वाले और गर्भवती महिलाओं को इसे चुनते वक़्त सावधान रहना चाहिए। ये भी याद रखना ज़रूरी है कि सारे सप्लिमेंट्स वो नहीं देते जो विज्ञापन किया

जाता है, ख़ासकर जब वे अपनी प्रभावशीलता के बारे में बड़े और ज़्यादा दावे करते हैं। कुछ सप्लिमेंट्स के हानिकारक प्रभावों के उदाहरणों में सेंट जॉन्स वॉर्ट शामिल है, जो एंटी-डिप्रेसेंट्स और गर्भनिरोधक जैसे दवाओं की प्रभावशीलता को कम कर सकता है; गिंग्को, जो ख़ून को पतला कर सकता है; विटामिन K, जो इसके उलट, ख़ून पतला करने वाली दवाओं की प्रभावशीलता को प्रभावित कर सकता है; और कुछ हर्बल सप्लिमेंट्स जैसे कावा, जो आपके जिगर को नुक़सान पहुँचा सकता है (*पेन मेडिसिन, 2020, सप्लिमेंट्स के बारे में सच्चाई : 5 चीज़ें जो आपको जाननी चाहिए*)। फ़ैशनेबल बनने वाले ट्रेंडी सप्लिमेंट्स के साथ भी सावधान रहना ज़रूरी है, क्योंकि अक्सर उनकी सुरक्षा और प्रभावशीलता के बारे में काफ़ी शोध नहीं हुआ होता; भविष्य में, वो सप्लिमेंट्स लोगों पर हानिकारक प्रभाव डाल सकते हैं।

सप्लिमेंट्स लेने से पहले ढेर सारा शोध करना ज़रूरी है। लेकिन एक बात साफ़ है : वे अच्छे खान-पान की जगह नहीं ले सकते और इन्हें मुख्य समाधान की बजाय सहायक के रूप में इस्तेमाल करना चाहिए (*पेन मेडिसिन, 2020, द ट्रूथ एबाउट सप्लिमेंट्स : 5 थिंग्स यू शुड नो*)।

एक अच्छा विचार है ये पता लगाना कि क्या आपका खान-पान हर विटामिन की आपकी पोषण ज़रूरतों को पूरी तरह सहारा देता है। एक डॉक्टर और कुछ आधिकारिक टेस्ट इसमें मदद कर सकते हैं और उन सप्लिमेंट्स को लक्षित कर सकते हैं जो सबसे ज़्यादा फ़ायदा करेंगे।

ज़्यादा व्यापक प्रभाव वाले मल्टीविटामिन्स एक अच्छा विकल्प हो सकते हैं, क्योंकि इनके हानिकारक प्रभाव होने की संभावना कम है। इनका असर को नापिए—हर दिन ये लिखिए कि सप्लिमेंट लेते वक़्त, लेने से पहले और लेना बंद करने के बाद आप कैसा महसूस करते हैं। कुछ का प्लेसिबो प्रभाव हो सकता है, लेकिन ये ट्रैकिंग सुनिश्चित करती है कि आप हर विकल्प के वादों पर ज़्यादा भरोसा ना करें।

तो, क्या कुछ ऐसे सप्लिमेंट्स हैं जो आम तौर पर सुरक्षित और फ़ायदेमंद हैं?

विटामिन D कैंसर के जोखिम को कम कर सकता है और कुल मिलाकर सूजन को कम करता है, साथ ही ताक़त बढ़ाता है और कमज़ोरी को कम करता है (*ज़ांग और अन्य, 2019, एसोसिएशन बिटवीन विटामिन डी सप्लिमेंटेशन एंड मोरेलिटि : सिस्टमेटिक रिव्यू एंड मेटा-एनालिसिस, हाफन, फान एंड टेटा, 2015, विटामिन डी : ए रिव्यू ऑन इट्स इफेक्ट्स ऑन मसल स्ट्रेंथ, द रिस्क ऑफ फॉल एंड फ्रेलिटी*)।

ओमेगा-3 सप्लिमेंटेशन बेहतर दिल की सेहत और बेहतर कार्डियोवैस्कुलर नतीजों से जुड़ा है (*ख़ान और अन्य, 2021, इफेक्ट ऑफ ओमेगा-3 फैटी एसिड ऑन कार्डियोवास्कुलर आउटकम्स : ए सिस्टमेटिक रिव्यू एंड मेटा-एनालिसिस*)।

और क्या कुछ सप्लिमेंट्स ऐसे भी हैं जो उतने अच्छे नहीं हैं?

सेलेनियम और विटामिन E पर एक लंबे समय के अध्ययन में कोई फ़ायदा नहीं दिखा और इन सप्लिमेंट्स लेने वाले पुरुषों में प्रोस्टेट कैंसर की दर बढ़ी देखी गई (*NIH, 2015,* सेलेनियम एंड विटामिन ई कैंसल प्रिवेंसन ट्रॉयल(सेलेक्ट) : क्वेश्चन्स एंड एनसर्स)। बीटा-कैरोटीन और विटामिन A भी कैंसर के जोखिम में योगदान दे सकते हैं (*गुडमैन और अन्य, 2004, द बीटा कैरोटीन एंड रेटिनॉल इफिकेसी ट्रॉयल : इंसिडेंस ऑफ लंग कैंसर एंड कार्डियोवास्कुलर डिजिज मोर्टेलिटी ड्यूरिंग 6-ईयर फॉलो अप आफ्टर स्टॉपिंग बीटा-केरोटीन एंड रेटिनॉल सप्लिमेंट्स*)।

एक ख़ास तरह का उपाय जो आप अपनी सेहत को बेहतर करने के लिए यूज़ कर सकते हैं और जिसके पीछे मज़बूत वैज्ञानिक सबूत हैं, वो है प्रोबायोटिक्स और प्रीबायोटिक्स।

आपकी आँतों का बायोम–प्रोबायोटिक्स और प्रीबायोटिक्स का इस्तेमाल

आख़िर में, आइए एक ऐसे शोध क्षेत्र की ओर मुड़ें जो वाक़ई ढेर सारी संभावनाएँ दिखाता है। इंसान की आँत को दूसरा दिमाग़ कहा गया है और वैज्ञानिक अब दावा कर रहे हैं कि शरीर की रोग प्रतिरोधक क्षमता, मूड और यहाँ तक कि सामाजिक बर्ताव का एक बड़ा हिस्सा दिमाग़ में नहीं, बल्कि आँत में शुरू होता है, जहाँ खरबों सूक्ष्मजीव आपके और एक-दूसरे के साथ गहरे तालमेल में काम कर रहे हैं। ये एक शौक़िया बायोहैकर के लिए ध्यान देने की प्राकृतिक जगह है।

आपने निश्चित रूप से एंटीबायोटिक्स के बारे में सुना होगा—ऐसी दवाएँ जो हानिकारक बैक्टीरिया को मारती हैं। प्रोबायोटिक्स वो समाधान हैं जो हमारे शरीर में, ख़ास तौर पर आँत में, नए बैक्टीरिया लाते हैं ताकि हमारी आँतों का बायोम बेहतर हो। प्रीबायोटिक्स हमारे अंदर के मददगार बैक्टीरिया के लिए भोजन का काम करते हैं।

पिछले कुछ सालों में आँतों के बायोम की अहमियत को काफ़ी मान्यता मिली है। हम जानते हैं कि हमारी आँत ढेर सारी कोशिकाओं और बैक्टीरिया की मेज़बान है; हमारे शरीर में 1000 खरब से ज़्यादा आँतों के बैक्टीरिया मौजूद हैं जो शरीर के लिए ज़रूरी काम करते हैं। ख़ास तौर पर, वे ख़ास प्रोटीन बना सकते हैं, हमारी ग्लूकोज़ सहनशीलता को बेहतर कर सकते हैं, पाचन में मदद कर सकते हैं और यहाँ तक कि हमारी रोग प्रतिरोधक क्षमता को सहारा दे सकते हैं। आँतों का माइक्रोबायोम कई ज़रूरी काम करता है, हालाँकि इनमें से कुछ अभी तक पूरी तरह समझे नहीं गए हैं। आँतों का इकोसिस्टम जटिल है और इसमें लाखों, यहाँ तक कि अरबों अलग-अलग सूक्ष्मजीव हैं जो हमारी रोज़मर्रा की तंदुरुस्ती में बड़ा रोल निभाते हैं (*पेल्टन, एन.डी., बायोहैकिंग योर माइक्रोबायोम*)।

आँतों का माइक्रोबायोम कई कामों में ज़रूरी है। ये शरीर को खाने के उन हिस्सों को किण्वन करने देता है जो पच नहीं सकते, जैसे फाइबर, जिससे विशेषज्ञ सूक्ष्मजीव बढ़ते हैं जो फैटी एसिड्स और गैसें बनाते हैं। ये सीधे हमारी सेहत के नतीजों से जुड़े हैं। एक सेहतमंद बायोम से एथेरोस्क्लेरोसिस, बड़े कार्डियोवैस्कुलर घटनाओं और यहाँ तक कि टाइप 2 डायबिटीज़ के जोखिम कम हो सकते हैं (*वाल्डेस, वाल्टर, सेगल और स्पेक्टर, 2018, रोल ऑफ द गट माइक्रोबाइओटा इन न्यूट्रिशन एंड हेल्थ*)।

हमारे आँतों के बैक्टीरिया मोटापे के विकास में अहम रोल निभाते हैं, क्योंकि कई अध्ययनों से पता चलता है कि ज़्यादा वज़न वाले और मोटे लोगों की आँतों में विविधता कम होती है। मोटे चूहों से सूक्ष्मजीव निकालकर गैर-मोटे चूहों में डालने से गैर-मोटे चूहों के वज़न बढ़ने की संभावना ज़्यादा हो जाती है (*वाल्डेस, वाल्टर, सेगल और स्पेक्टर, 2018,रोल ऑफ द गट माइक्रोबाइओटा इन न्यूट्रिशन एंड हेल्थ*)।

कम बैक्टीरियल विविधता सूजनीय आँतों की बीमारी, सोरियाटिक गठिया, टाइप 1 डायबिटीज़, एटोपिक एक्ज़िमा, सीलिएक रोग और धमनी की कठोरता में भी योगदान देती है। हालाँकि ये स्वयं सारी बीमारियाँ पैदा नहीं करती, लेकिन ये कुल सेहत और सेहतमंद आँतों के माइक्रोबायोम के बीच एक संबंध दिखा सकती है (*वाल्डेस, वाल्टर, सेगल और स्पेक्टर, 2018, रोल ऑफ द गट माइक्रोबाइओटा इन न्यूट्रिशन एंड हेल्थ*)।

हालाँकि ये सुनने में बिल्कुल आकर्षक नहीं लगता, लेकिन एक सेहतमंद इंसान से आँतों के माइक्रोबायोटा को कम विविधता या किसी ख़ास समस्या, जैसे कुछ इन्फ़ेक्शन्स, वाले व्यक्ति में ट्रांसप्लांट करने से नतीजे बेहतर हो सकते हैं (*वाल्डेस, वाल्टर, सेगल और स्पेक्टर, 2018, रोल ऑफ द गट माइक्रोबाइओटा इन न्यूट्रिशन एंड हेल्थ*)।

आँतों का माइक्रोबायोटा कई तरह के खानों और आदतों से प्रभावित होता है। मिसाल के तौर पर, सुक्रालोज़ जैसे चीनी के विकल्प आँतों के माइक्रोबायोटा पर नकारात्मक असर डाल सकते हैं (*वाल्डेस, वाल्टर, सेगल और स्पेक्टर, 2018, रोल ऑफ द गट माइक्रोबाइओटा इन न्यूट्रिशन एंड हेल्थ*)। लेकिन आँतों के सूक्ष्मजीवों की हमारी समझ अभी काफ़ी सीमित है और हर साल बढ़ रही है, क्योंकि ज़्यादा शोधकर्ता इस विषय में अब दिलचस्पी ले रहे हैं और इसकी अहमियत के बारे में ज़्यादा जानकारी सामने आ रही है।

इसका मतलब यह है कि अगर हम अपनी आँतों में ज़्यादा सेहतमंद और मददगार बैक्टीरिया रख सकते हैं और इसके काम को उत्तेजित कर सकते हैं, तो हम अपनी सेहत को काफ़ी हद तक बेहतर कर सकते हैं और अपने शरीर की तंदुरुस्ती के अलग-अलग पहलुओं के लिए सकारात्मक नतीजे हासिल कर सकते हैं। यहीं पर प्रोबायोटिक्स और प्रीबायोटिक्स आते हैं।

प्रोबायोटिक्स एक ऐसा शब्द है जो उन जीवित सूक्ष्मजीव या सूक्ष्मजीव सप्लिमेंट्स को बताता है जो मेज़बान की तंदुरुस्ती को बेहतर करने में मदद कर सकते हैं। प्रोबायोटिक्स, आसान शब्दों में, अच्छे बैक्टीरिया की जीवित कॉलोनी हैं जिन्हें हम भोजन के रूप में ग्रहण करते हैं और अपने आंतरिक माइक्रोबायोम में जोड़ते हैं। मिसाल के तौर पर, जो लोग एंटीबायोटिक्स ले रहे हैं, उन्हें अपनी आँतों को फिर से आबाद करने की ज़रूरत हो सकती है, क्योंकि दवा ने हानिकारक बैक्टीरिया के साथ कुछ मददगार बैक्टीरिया को भी मार दिया हो सकता है (*केचागिया, बासौलिस, कॉन्स्टेंटोपौलौ, दिमित्रियादी, गिफ़्टोपौलौ, स्कारमाउट्सौ और फ़किरि, 2013, हेल्थ बेनिफिट्स ऑफ ए प्रोबायोटिक्स : ए रिव्यू*)।

दूसरी तरफ़, प्रीबायोटिक्स एक अच्छा सप्लिमेंट या खाद्य पदार्थ है जो बैक्टीरिया को खिलाया जाता है और सूक्ष्मजीवों में ख़ास तरह की वृद्धि या गतिविधि को उत्तेजित करता है। प्रीबायोटिक्स हमारी आँतों में अवशोषित

नहीं होते, बल्कि बैक्टीरिया द्वारा प्रोसेस किए जाते हैं। आसान शब्दों में, प्रीबायोटिक्स वो सब कुछ हैं जिन्हें हम फाइबर के रूप में सोचते हैं (और हाँ, फाइबर के कई प्रकार हैं!)। हम इन्हें अपने आँतों के माइक्रोबायोम के लिए खाना मान सकते हैं जो उन्हें हमारे हक़ में काम करने को उत्तेजित करता है; यानी, हम उन्हें खिलाते और सहारा देते हैं और वे हमारे खाने को पचाने और कुछ हार्मोन्स व न्यूरोट्रांसमीटर्स के उत्पादन को नियंत्रित करने में मदद करते हैं (*केचागिया, बासौलिस, कॉन्स्टेंटोपौलौ, दिमित्रियादी, गिफ़्टोपौलौ, स्कारमाउट्सौ और फ़किरि, 2013, हेल्थ बेनिफिट्स ऑफ ए प्रोबायोटिक्स : ए रिव्यू*)।

कुछ आम प्रोबायोटिक्स में लैक्टिक एसिड बैक्टीरिया शामिल हैं, जैसे लैक्टोकोकस और बिफ़िडोबैक्टीरियम। ये अक्सर डेयरी उत्पादों में शामिल होते हैं और हमारी आँतों की सेहत के लिए बहुत अच्छे हैं (*केचागिया, बासौलिस, कॉन्स्टेंटोपौलौ, दिमित्रियादी, गिफ़्टोपौलौ, स्कारमाउट्सौ और फ़किरि, 2013, हेल्थ बेनिफिट्स ऑफ ए प्रोबायोटिक्स : ए रिव्यू*)।

हमारे रोज़ाना खान-पान में प्रोबायोटिक्स शामिल करना पोषण के लिए ज़रूरी है और ये सेहत को फ़ायदे भी दे सकता है। ये कुछ स्वास्थ्य समस्याओं को रोकने में सकारात्मक प्रभाव डालते हैं और दूसरी समस्याओं की स्थिति को बेहतर करते हैं। ख़ास तौर पर, प्रोबायोटिक्स लैक्टोज़ असहिष्णुता, एंटीबायोटिक्स के साइड इफ़ेक्ट्स, डायरिया, एलर्जी और अन्य बीमारियों में मदद कर सकते हैं। प्रोबायोटिक्स व्यापक रूप से सप्लिमेंट्स के रूप में और कई डेयरी उत्पादों, जैसे दही, के हिस्से के रूप में उपलब्ध हैं, जिससे इन्हें खाना और डिलीवर करना आसान हो जाता है। प्रोबायोटिक्स के पक्ष में कुछ अच्छे वैज्ञानिक सबूत हैं जो बताते हैं कि हर दिन प्रोबायोटिक्स की एक खुराक हमारी तंदुरुस्ती को बेहतर करने में मदद कर सकती है। सप्लिमेंट्स और प्रोबायोटिक्स से भरपूर खाने जैसे डेयरी उत्पाद सुलभ हैं और आँतों के माइक्रोबायोम को बेहतर करने में काफ़ी

कुछ कर सकते हैं (*केचागिया, बासौलिस, कॉन्स्टेंटोपौलौ, दिमितियादी, गिफ़्टोपौलौ, स्कारमाउट्सौ और फ़किरि, 2013, हेल्थ बेनिफिट्स ऑफ ए प्रोबायोटिक्स : ए रिव्यू)*।

क्या इसमें कुछ अपवाद भी हैं? हाँ। आम तौर पर, किसी ऐसे व्यक्ति को प्रोबायोटिक्स लेने की सलाह नहीं दी जाती जिसे सक्रिय बैक्टीरियल इन्फ़ेक्शन हो, ना ही एंटीबायोटिक्स लेते वक़्त इन्हें लेना अच्छा विचार माना जाता है। इसके बजाय, आप इलाज ख़त्म होने का इंतज़ार कर सकते हैं और अपनी आँतों के माइक्रोबायोम को बहाल करने के लिए प्रोबायोटिक्स का इस्तेमाल बढ़ा सकते हैं। साथ ही, अगर आप इन्हें सप्लिमेंट्स के रूप में लेने का चुनते हैं, तो भरोसेमंद और विश्वसनीय ब्रांड्स ही चुनें।

दूसरी तरफ़, प्रीबायोटिक्स वो खाद्य सामग्री हैं जो फ़ायदेमंद वृद्धि को बढ़ावा देती हैं। असल में, ये इंसानों द्वारा पचने योग्य नहीं हैं, लेकिन बैक्टीरिया के लिए अच्छे हैं और बिना पचे कोलन तक पहुँचते हैं। प्रीबायोटिक्स आम तौर पर खानों से आते हैं, ख़ासकर खमीरयुक्त खानों और दूसरों जैसे लहसुन, प्याज़, जिकामा, दही, किर, साउरक्राउट और अन्य पदार्थों से। (*पेल्टन, एन.डी., बायोहैकिंग योर माइक्रोबायोम।)*

कुछ प्रीबायोटिक्स ऑलिगोसैकेराइड्स हैं, जो कार्ब्स से भरपूर खानों में पाए जा सकते हैं, जैसे गाजर, शकरकंद, स्क्वैश और शतावरी। ये प्राकृतिक रूप से स्टार्च में भी हो सकते हैं, जैसे केले या प्लांटैन का आटा और कच्चा आलू स्टार्च (*पेल्टन, एन.डी., बायोहैकिंग योर माइक्रोबायोम)*।

प्रीबायोटिक्स वाले खाने खाना हमारी सेहत के लिए अच्छा है और हमारे आँतों के बैक्टीरिया की गतिविधि को उत्तेजित कर सकता है। एक अच्छा सुझाव यह है कि हर दिन कम से कम एक ऐसी चीज़ खाई जाए जो प्रीबायोटिक्स से भरपूर हो और आपको पसंद हो। इसके अलावा, एक शानदार रणनीति है अपनी थाली को अलग-अलग फलों, सब्ज़ियों और साबुत अनाजों की समृद्ध और विविध रेंज से भरना ताकि आपके आँतों के

बैक्टीरिया को सहारा देने के लिए ज़रूरी फाइबर और प्रीबायोटिक्स मिल सकें। प्रोबायोटिक्स और प्रीबायोटिक्स एक-दूसरे को मज़बूत करते हैं और हमें ज़्यादा से ज़्यादा फ़ायदे हासिल करने देते हैं।

प्रीबायोटिक्स और प्रोबायोटिक्स खाना काफ़ी आसान है, क्योंकि ये कई अलग-अलग खानों का हिस्सा हैं, जैसे सब्ज़ियाँ, फल, खमीरयुक्त उत्पाद और डेयरी उत्पाद। सप्लिमेंट्स बाज़ार में उपलब्ध हैं और कई अलग-अलग पैकेजों और डिलीवरी विकल्पों में मिल सकते हैं। प्रोबायोटिक्स और प्रीबायोटिक्स लेने के पक्ष में मज़बूत तथ्य मौजूद हैं (*मार्कोवियाक और स्लिज़ेव्स्का, 2017, इफेक्ट्स ऑफ प्रोबायोटिक्स, प्रीबायोटिक्स एंड सिनबायोटिक्स ऑन ह्यूमन हेल्थ)*।

सारांश

- हालाँकि पोषण विज्ञान हमेशा आगे बढ़ रहा है और बदल रहा है, फिर भी हम जानते हैं कि अच्छा खाना अच्छी ज़िंदगी के लिए ज़रूरी है और आदर्श मानव खान-पान मोटे तौर पर माइकल पोलन के पोषण नियम का पालन करता है : "असली खाना खाओ। ज़्यादा नहीं। ज़्यादातर पौधों वाला।"
- लचीलापन अहम है : सख़्त नियम टिकाऊ नहीं होते।
- बाज़ार में अनगिनत खान-पान दर्शन हैं; मिसाल के तौर पर, मेडिटेरेनियन खान-पान (पौधों पर आधारित और कम माँस, लेकिन जैतून का तेल और मॉडरेशन पर ज़ोर), ओकिनावन खान-पान (कम चर्बी वाला समुद्री प्रोटीन, स्टार्चयुक्त पौधे और अच्छे फैट्स) और कीटो खान-पान (कम कार्ब, ज़्यादा प्रोटीन और ज़्यादा फैट खाने पर ज़ोर जो शरीर में कीटोजेनेसिस पैदा करता है)।
- कोई एक खाना चमत्कारी इलाज नहीं है, लेकिन कुछ "सुपरफूड्स"

ख़ास तौर पर पौष्टिक हैं, जैसे ब्रोकोली या ब्लूबेरीज़।

- सप्लिमेंट्स भी खान-पान को बढ़ावा दे सकते हैं, हालाँकि सारे सप्लिमेंट्स एक जैसे नहीं होते और कोई सप्लिमेंट सेहतमंद खान-पान की जगह नहीं ले सकता। चूँकि सप्लिमेंट्स FDA द्वारा नियंत्रित नहीं होते, तो ऐसे में आपको ख़ुद शोध करना होगा। अपनी अनोखी खान-पान और जीवनशैली के हिसाब से सप्लिमेंट्स का इस्तेमाल करना सबसे अच्छा है।
- प्रीबायोटिक्स और प्रोबायोटिक्स (जो असल में वो फाइबर है जिसे प्रोबायोटिक्स खाते हैं) के फ़ायदेमंद इस्तेमाल के पक्ष में ज़्यादा से ज़्यादा सबूत मिल रहे हैं।
- प्रीबायोटिक्स शरीर की अहम आँतों के माइक्रोबायोम में असंतुलन को ठीक कर सकते हैं, जिसकी सेहत का असर आपके शरीर के हर हिस्से पर पड़ता है, जिसमें आपका वज़न और कुल मानसिक सेहत शामिल है। हालाँकि प्रोबायोटिक्स सप्लिमेंट के रूप में उपलब्ध हैं, लेकिन उन्हें प्राकृतिक रूप से खान-पान में शामिल करना बेहतर है, जैसे केफर, दही या किमची जैसे खमीरयुक्त खानों से। साथ ही, ढेर सारा पौधों का फाइबर और कम चीनी व शराब वाला खान-पान आँतों की बैक्टीरिया के सेहतमंद संतुलन को सहारा देगा।

अध्याय 4

अपने पोषण को हल्के से प्रेरित करें

कुल मिलाकर, पोषण का मामला जटिल है। हम ऐसा भोजन ग्रहण करते हैं जिनमें जटिल सामग्रियाँ और जिनके जटिल प्रभाव होते हैं। हमारी अपनी आनुवंशिक बनावट, पसंद और परंपराएँ हमारे खाने के तरीके और उसे आकार देती हैं कि हमारे लिए सबसे अच्छा क्या काम कर सकता है। अगर आप पोषण के भँवर में गहरे उतरेंगे, तो जल्दी ही ढेर सारी अलग-अलग रायों से आपका सिर चकराने लगेगा और उसकी छोटी-छोटी बारीकियों पर तनाव होने लगेगा। लेकिन भले ही पोषण शरीर के अंदर एक जटिल मामला हो, इसका मतलब ये नहीं कि हर बार जब हम कुछ भी मुँह में डालते हैं, तो उसे जटिल करना पड़ता है। असल में, सबसे सेहतमंद खान-पान अक्सर वो होता है जो प्राकृतिक, सहज और कम तनाव वाला हो। हमें अपने पोषण को बेहतर करने के लिए नकली सप्लिमेंट्स या अजीब रेजिमेंट्स सिखाने वाली किताबों पर ढेर सारा पैसा खर्च करने की ज़रूरत नहीं। कुछ सामान्य सुझाव हैं जो आपको एक सेहतमंद बुनियादी खान-पान की सूची बनाने में मदद कर सकते हैं और ये वाक़ई जटिल नहीं हैं। मिसाल के तौर पर, अपने खान-पान में ढेर सारे पौधे शामिल कीजिए और कुछ भी खाइए, ज़्यादा ना खाइए। इसके लिए केमिस्ट्री में पीएचडी की ज़रूरत नहीं!

एक अच्छा सुझाव ये है कि सप्लिमेंट्स के बारे में सावधान रहिए और डॉक्टर से सलाह लीजिए, ख़ासकर अगर आप दवाएँ ले रहे हैं या सेहत की समस्याओं का सामना कर रहे हैं। सप्लिमेंट्स अच्छे खान-पान के पूरक हैं, लेकिन कुछ कमियों को पूरा करने में मदद कर सकते हैं। इन कमियों को पता करने का सबसे आसान तरीक़ा है ब्लड टेस्ट करवाना। सिद्धांत साफ़ है : सबसे ज़्यादा असर तब होता है जब आप साफ़ कमियों को पहचानते हैं और सबसे पहले उसका समाधान करते हैं। मिसाल के तौर पर, अगर आप हर दिन ज़रूरत से कम फाइबर खा रहे हैं, तो माइक्रोन्यूट्रिएंट्स और अनजाने खनिजों की बारीक सेटिंग करने का कोई फ़ायदा नहीं। लोग अपने खान-पान की छोटी-छोटी बारीकियों को ऑप्टिमाइज़ करने में लगे रह सकते हैं, लेकिन सचाई ये है कि हममें से ज़्यादातर लोग पहले ही आसान चीज़ों को ठीक करके फ़ायदा उठा सकते हैं : आपकी सेहत और तंदुरुस्ती का 95% हिस्सा साधारण (और बोरिंग!) आदतों से आता है, जैसे काफ़ी फल और सब्ज़ियाँ खाना और कभी-कभार ही ज़्यादा कैलोरी लेना।

मेडिटेरेनियन या ओकिनावन खान-पान सेहत और लंबी उम्र को बढ़ावा देने के लिए कुल मिलाकर सबसे अच्छे नतीजे देता है और इसका एक गुण इसका लचीलापन भी है। भले ही आप इनका पूरी तरह पालन ना करें, इन दोनों खान-पान के ख़ास सिद्धांतों को अपनाने की कोशिश करें, जैसे ज़्यादा सब्ज़ियाँ और पौधों पर आधारित खाना, कम प्रोसेस्ड मांस और ज़्यादा सेहतमंद फैट्स। पूर्णता की चिंता छोड़िए और इसके बजाय कम से कम 80% समय भोजन के संबंध में सही निशाना लगाने की कोशिश कीजिए।

हर खाने को पौष्टिक होना ज़रूरी नहीं। दूसरी तरफ़, आप अपने भोजन में कुछ सुपरफूड्स जोड़ सकते हैं—इनमें से कई वैसे भी मज़ेदार होते हैं। कुछ आसानी से मिल जाते हैं, जैसे ब्लूबेरीज़ या अखरोट, जबकि कुछ को पाना थोड़ा मुश्किल हो सकता है। ज़्यादा सुपरफूड्स खाने से आपके

विटामिन और खनिजों का सेवन बढ़ सकता है, साथ ही आपके शरीर पर एंटीऑक्सिडेंट प्रभाव पड़ सकता है।

सप्लिमेंट्स के लिए, विटामिन D और ओमेगा-3 सप्लिमेंटेशन ख़ास तौर पर फ़ायदेमंद लगते हैं। लेकिन सेहतमंद खान-पान आपकी तंदुरुस्ती के लिए बुनियादी है।

पर्यावरणीय प्रभावोंऔर छोटे संकल्पों में महारत हासिल करना

ईमानदारी से बताइए—आपने जो अभी पढ़ा, उसका ज़्यादातर हिस्सा वो जानकारी है जो आप शायद पहले से जानते हैं, ना? फिर भी, शायद आपने इनमें से कई रणनीतियों को अपनी रोज़मर्रा की ज़िंदगी में लागू नहीं किया। कभी-कभी, हमें ठीक-ठीक पता होता है कि हमारी ज़िंदगी को बेहतर करने के लिए क्या चाहिए। हमें जल्दी सोना है, बेहतर खाना है, कम पैसे खर्च करने हैं या व्यायाम करना है। ये समाधान बस एक क़दम दूर लगते हैं, लेकिन फिर भी पहुँच से बाहर।

यही वजह है कि रोज़मर्रा की बायोहैकिंग का एक बड़ा हिस्सा व्यवहार और मनोवैज्ञानिक बदलाव के पहलुओं के प्रति जागरूक होना है। जैसा कि आप शायद अच्छे से जानते हो, सही चीज़ जानना और उसे करना दो अलग-अलग बातें हैं। असल में, बदलाव तीन अलग-अलग कारकों से आता है : ये जानना कि हमें बदलाव चाहिए, ये जानना कि बदलाव के लिए क्या करना है और फिर ठोस क़दम उठाकर उस बदलाव को हक़ीक़त बनाना। इन तीनों के बिना, हमारा विकास बस एक इच्छा है या महज वो कुछ सैद्धांतिक बातें बनकर रह जाती हैं।

हमारे लिए ख़ुशक़िस्मती से, अपने चुने हुए लक्ष्यों तक पहुँचने और मनचाही आदतें विकसित करने के लिए हम अनगिनत छोटे बदलाव कर सकते हैं। हम दो मज़बूत टूल्स की बात करेंगे जो छोटे और व्यावहारिक बदलावों पर आधारित हैं : पर्यावरणीय प्रभावों से रक्षा और छोटे संकल्प।

पिछला हिस्सा पोषण बायोहैकिंग के क्यों और क्या के बारे में था, तो ये हिस्सा कैसे के बारे में है।

प्रभाव या धक्का सिद्धांत व्यवहारिक अर्थशास्त्र से आता है और कहता है कि हम अपने पर्यावरण या परिवेश में छोटे-छोटे बदलाव करके लोगों को ख़ास विकल्प चुनने के लिए प्रोत्साहित कर सकते हैं। हम उनके विकल्पों को सीमित नहीं कर रहे या छीन नहीं रहे; बल्कि, हम लोगों को एक ख़ास रास्ता चुनने के लिए ज़्यादा झुका रहे हैं। मार्केटर्स ये हर वक़्त करते हैं : आपको क्यों लगता है कि चेकआउट लेन के ठीक बगल में कैंडी बार्स रखे होते हैं? हम भी अपनी रोज़मर्रा की ज़िंदगी में बेहतर फ़ैसले लेने के लिए धक्कों का इस्तेमाल कर सकते हैं बिना ज़्यादा मेहनत लगाए। एक अच्छा लागू किया गया धक्का सही विकल्प को आसान बनाता है।

धक्का, फिर, पर्यावरण में एक छोटी- सी चीज़ है जो हमारे व्यवहार को सकारात्मक या नकारात्मक तरीक़े से बदल सकती है। धक्कों का इस्तेमाल बुरे के लिए भी हो सकता है, लेकिन अगर आप इसे ख़ुद पर लागू कर रहे हैं, तो शायद आप एक अच्छा लक्ष्य चुनेंगे।

धक्के पसंद की वास्तुकला के कॉन्सेप्ट से जुड़े हैं—पर्यावरण को इस तरह से व्यवस्थित और डिज़ाइन करना जो ख़ास विकल्पों को बढ़ावा दे। डिज़ाइन का हर पहलू एक पसंद है। मिसाल के तौर पर, एक मेन्यू सोचिए : खाने को जिस तरह से पेश और व्यवस्थित किया जाता है, वो ग्राहक के विकल्पों को प्रभावित कर सकता है। जब आप स्टोर या मॉल में घूमते हो, आप विकल्पों के बीच घूम रहे हैं, चाहे वे अच्छे से लागू किए गए हों या नहीं।

पसंद की वास्तुकला में छह मुख्य तत्व हैं। पहला है प्रोत्साहन। ये बताता है कि सही प्रोत्साहन किसी व्यक्ति को ख़ास विकल्पों की ओर ज़्यादा झुका सकता है। अगर इस प्रोडक्ट में मुफ़्त का तोहफ़ा शामिल है, तो शायद आप इसे चुन लेंगे। अपनी निजी ज़िंदगी में, आप अपने ख़ुद के कुछ

प्रोत्साहन दे सकते हैं, जो मनोवैज्ञानिक और भौतिक दोनों हो सकते हैं।

दूसरा तत्व है मैपिंग। हर विकल्प को मैप करिए ताकि उसके फ़ायदे और नुक़सान और छिपी और सामने की लागत को सचमुच आप समझ सकें। मिसाल के तौर पर, अगर आप सलाद की बजाय बर्गर ऑर्डर करते हो, तो आप लंबे समय में बदतर दिल की सेहत या बाद में अपच की कीमत चुका सकते हैं। हर विकल्प में शामिल हर चीज़ पर विचार कीजिए।

तीसरा तत्व है डिफ़ॉल्ट्स। डिफ़ॉल्ट वो है जो तब होता है जब आप इसे बदलने के लिए कुछ नहीं करते। आपका डिफ़ॉल्ट क्या है? बर्गर है या सलाद? व्यायाम करने बाहर जाना है या सोने के लिए अंदर रहना? उस विकल्प के लिए डिफ़ॉल्ट को पहचानिए जिसे आप बदलना चाहते हैं।

अगला तत्व है फ़ीडबैक। फ़ीडबैक ये पहचानने में मदद करता है कि आप क्या कर रहे हैं और ये ठीक से नतीजे दे पा रहा है या नहीं। आपको कैसे पता चलेगा कि आपका विकल्प बेहतर था? आपको कैसे पता चलेगा कि आपने अपने लक्ष्य पूरे किए या नहीं? आपको अपने परिवेश, ख़ुद और दूसरों से किस तरह का फ़ीडबैक मिलेगा? *(ग्रोएनवेगन, 2021, नजिंग एक्सप्लेन्ड)*।

अगला, आपको ग़लतियों की उम्मीद करते रहनी चाहिए। लोग जीवन में ग़लतियाँ करते हैं और आप भी करेंगे। कभी-कभी काम का पटरी से उतरना सामान्य बात है। सोचिए कि आप ग़लत विकल्प की संभावना को कैसे कम कर सकते हैं और परिणामों से निपटने के लिए क्या तरीके लागू कर सकते हैं।

एक और विचार ये है कि जटिल विकल्पों को सरल करना चाहिए। कल्पना करिए कि आपने तय किया कि नेटफ़्लिक्स देखने की बजाय अपनी शाम को कुछ उत्पादक करने में बिताएँगे। लेकिन उत्पादक होने का मतलब क्या है? क्या आपको अपना घर साफ़ करना चाहिए? या रचनात्मक होकर अपनी महान उपन्यास परियोजना पर काम करना चाहिए? ये एक जटिल

विकल्प है जो आपको बस बैठकर टीवी देखने की ओर ले जा सकता है। आप हर खाली शाम के लिए ख़ास गतिविधियाँ तय कर सकते हैं ताकि विकल्प एक बार और हमेशा के लिए हों या अपनी कला सामग्री बाहर छोड़ दीजिए ताकि आप तुरंत काम शुरू कर सको।

पर्यावरणीय धक्के चमत्कारी नहीं होते, लेकिन वे सही विकल्पों को आसान बनाने में मदद कर सकते हैं। अक्सर, इनमें एक छोटा सा बदलाव शामिल होता है जो करना आसान है या बस एक बार लागू करना पड़ता है। अब, हम कुछ ऐसे धक्कों पर विचार करेंगे जो आप अपने पर्यावरण में ज़्यादा और बेहतर उत्पादकता और सेहतमंद जीवनशैली के लिए बना सकते हैं।

सेहतमंद खाने को प्रोत्साहित करना

पहला धक्का है अस्वस्थ खाने तक अपनी पहुँच सीमित करना। इन्हें मत खरीदिए, इन्हें नज़रों से दूर रखिए या अपनी रोज़मर्रा की राह से बाहर रखिए। इन्हें अपनी सबसे ऊँची शेल्फ़ पर या दूसरी चीज़ों के पीछे रखिए।

इसके बजाय, सेहतमंद खाने को सुलभ बनाइए। काउंटर पर फलों की प्लेट रखिए या बेडरूम से ऑफ़िस या किचन जाने के रास्ते में सेबों का गुलदस्ता। ये सुनिश्चित करिए कि सब कुछ खाने के लिए तैयार है। अपने वर्कस्पेस के पास हमेशा पानी रखिए ताकि हर दिन आप ज़्यादा से ज़्यादा पानी पी सकें या सुबह और शाम के लिए पानी का गिलास बाहर रखिए, ताकि आप बिना सोचे उसे एक घूँट में पी सकें।

टेकआउट मेन्यू (अगर आप पुराने ज़माने के हो) फेंक दो और अपने फ़ोन से खाना डिलीवरी ऐप्स डिलीट कर दीजिए। उन सारे फल या सब्ज़ियों की लिस्ट रखिए जो आप ख़रीदना चाहते हो और जब भी दुकान जाइए, स्टॉक भर लीजिए।

सुपरमार्केट के उन गलियारों से दूर रहिए जहाँ वो प्रोडक्ट्स हैं जो आप नहीं ख़रीदना चाहते। अपनी शॉपिंग लिस्ट का सख़्ती से पालन कीजिए

और उन चीज़ों से बचिए जो आपको ललचाएँगी। रात के खाने के बाद किराने की ख़रीदारी का समय तय कीजिए। अपनी मेडिटेरेनियन चीज़ों को लिस्ट में जोड़िए और उन्हें ऑटोमैटिकली ऑर्डर करवाइए।

अपने लक्ष्य और पर्यावरणीय संकेतों पर विचार कीजिए जो इस बात को प्रभावित करते हैं कि वो पूरा नहीं हो रहा। अगर आप चॉकलेट खाना बंद करना चाहते हैं, तो चॉकलेट को पास मत रखिए, मिसाल के तौर पर इसे छिपाइए और इसके बजाय कुछ सेहतमंद नाश्ते तैयार रखिए।

व्यायाम

व्यायाम के लिए, अपने व्यायाम गियर को बाहर और रास्ते में रखने पर विचार करें, ताकि आप इसे नज़रअंदाज़ ना कर सकें या दूर ना रख सकें। अगर आप अक्सर सोफ़े की ओर आकर्षित होते हैं, तो सोफ़े पर ऐसी चीज़ें रखें जिन्हें बैठने से पहले हटाना पड़े। उससे बढ़िया तो ये बात है कि वहाँ अपने व्यायाम गियर रखिए ताकि आपको उससे जूझना पड़े।

अपने दिन में छोटे-छोटे व्यायाम के झटके जोड़िए—मिसाल के तौर पर लिफ्ट या एस्केलेटर के बजाय चलकर कहीं जाइए और इसे आसान बनाने के लिए अपने आसपास के लोगों को बता दीजिए कि आप क्या करने वाले हैं, ताकि अगर आप वाक़ई ऐसा ना करें तो वे आपको टोकें। अपने सहकर्मियों, दोस्तों और परिवार वालों को साथ-साथ ऐसा करने के लिए बुलाइए—ये ज़्यादा मज़ेदार है और इसे एक प्रतियोगिता में बदलने का मौक़ा देता है, जो अतिरिक्त प्रेरणा देता है। दूसरे लोग भी शायद आपको इन छोटे व्यायाम झटकों की याद दिलाएँ—उस स्थिति में जब आप इसे ख़ुद कभी भूल जाएँ।

लक्ष्य है अपने परिवेश को अपने ख़ास तरीक़े से व्यायाम करने के लक्ष्य के लिए दोस्ताना बनाना। एक जगह और समय निश्चित कीजिए और उस जगह में अपने लिए रिमाइंडर छोड़िए। ऐसी परिस्थितियाँ बनाइए जहाँ वो

चीज़ करना ना करने से ज़्यादा आसान हो, जहाँ व्यायाम ठीक वहाँ हो और आसानी से उपलब्ध हो।

बायोहैकिंग पर लागू करने पर, धक्का सिद्धांत आपको बेहतर और सेहतमंद आदतें डालने में मदद कर सकता है, जैसे खाना, सप्लिमेंट्स लेना, व्यायाम करना या ख़ास समाधानों का इस्तेमाल। ये आपके पर्यावरण को आपके शरीर को बदलने और सेहत बढ़ाने के लिए एक सहयोगी बना सकता है, जो सफ़र की शुरुआत में ज़रूरी है। जब आप अभी भी चीनी या अस्वस्थ चीज़ों की ओर आकर्षित हों या किसी खान-पान को अपनाने की कोशिश कर रहे हों, तो ऐसा पर्यावरण बनाइए जो अच्छे विकल्पों का समर्थन करे और ऐसे में ये बदलाव काफ़ी कम दर्दनाक साबित होगा।

छोटे संकल्प : छोटे बदलावों से बड़ा असर

छोटा संकल्प कैरोलिन अर्नोल्ड का कॉन्सेप्ट है, जो इसे एक सीमित, ख़ास और मापने योग्य बदलाव के रूप में परिभाषित करती हैं जो तुरंत और दिखने वाला फ़ायदा देता है। ये एक छोटा और ख़ास व्यवहारिक बदलाव है जो जीवन में बड़ा फ़र्क़ डालता है, लेकिन इसे पालन करना काफ़ी आसान है। ये लक्षित और केंद्रित है, जैसे एक स्कैल्पल जो सटीक चीरा लगाने और सबसे ज़्यादा बदलाव की ज़रूरत वाले व्यवहार को प्रभावित करने के लिए यूज़ होता है (*अर्नोल्ड, 2014, स्मॉल मूव, बिग चेंज : यूज़िंग माइक्रो-रिजोल्यूशन्स टु ट्रांसफोर्म योर लाइफ परमानेंटली)*।

छोटे संकल्प का विचार धक्के के समान है, इस मायने में कि ये अभी संभालने योग्य और हासिल करने योग्य बदलाव पर ध्यान देता है, ना कि उन बड़े लक्ष्यों पर जो अक्सर असफल हो जाते हैं। अगर आप तय करते हो कि सोमवार से आप अपनी ज़िंदगी बदल दोगे—ना ज़्यादा शराब, ना स्मोकिंग, ना पार्टी—तो आप ख़ुद को असफलता के लिए तैयार कर रहे हैं। ये एक बड़ा बदलाव है और आप इसे यूं ही करने के लिए तैयार नहीं हों।

छोटा संकल्प बड़े लक्ष्य की तुलना में कहीं ज़्यादा सफल होने की संभावना रखता है और भले ही फ़ैसला छोटा हो, ये आपको सफलता के लिए तैयार करता है और आपको फ़र्क़ देखने देता है (*अर्नोल्ड, 2014, स्मॉल मूव, बिग चेंज : यूज़िंग माइक्रो-रिजोल्यूशन्स टु ट्रांसफोर्म योर लाइफ परमानेंटली)*।

कई लोगों का लक्ष्य वज़न कम करने के लिए डाइट पर जाना होता है। उनमें से ज़्यादातर इस डाइट को बनाए नहीं रखते और अपने अंतिम लक्ष्य में नाकाम रहते हैं। फिर भी, एक छोटा संकल्प आपको सफलता के लिए तैयार करता है। इस मामले में, आप सोच सकते हैं कि आपके वज़न या अस्वस्थ पोषण आदतों में सबसे ज़्यादा क्या योगदान दे रहा है। शायद आप हर दिन एक बड़ा चॉकलेट बार खाते हों या शाम को बीयर पीते हों। शायद आप बड़े चॉकलेट बार को छोटे से बदल सकें या बीयर को आधी बीयर से। अगर आप टीवी देखते वक़्त नाश्ता करने के आदी हैं, तो मक्खन वाले पॉपकॉर्न को कम कैलोरी वाले पॉपकॉर्न से बदल सकते हैं। इसका लक्ष्य है ऐसी चीज़ ढूँढ़ना जो उसी खुजली को मिटाए लेकिन लंबे समय में आपके लिए बेहतर हो (*अर्नोल्ड, 2014, स्मॉल मूव, बिग चेंज : यूज़िंग माइक्रो-रिजोल्यूशन्स टु ट्रांसफोर्म योर लाइफ परमानेंटली)*।

क्या ये बेहतर होगा कि शायद आप तय ये कर लें कि फिर कभी चॉकलेट नहीं खाऊँगा? या कम नाटकीय रूप से, हर दिन चॉकलेट खाना बंद कर दूँगा और हफ़्ते के अंत में एक बार खाऊँगा? शायद। लेकिन ये वो लक्ष्य है जिसे आप पूरा करने की कम संभावना रखते हैं। चॉकलेट एक काम करता है—शायद आप लंबे, मुश्किल दिन के बाद ख़ुद को कुछ मीठा देना चाहते हैं और इसे छोड़ने से आप असंतुष्ट और लालसा के साथ रह जाएँगे। शायद आप टीवी देखते वक़्त नाश्ता करना पूरी तरह बंद करने की कोशिश कर लें, लेकिन आप को पता चले कि आपको मज़ा नहीं आ रहा। जब आप कोई आदत अचानक छोड़ देते हैं, तो वो एक खाली जगह छोड़ जाती है जो भरना चाहती है और इसका सबसे आम नतीजा है उस आदत की ओर लौट

जाना, हारा हुआ और बिना प्रेरणा के (*अर्नोल्ड, 2014, स्मॉल मूव, बिग चेंज : यूज़िंग माइक्रो-रिजोल्यूशन्स टु ट्रांसफोर्म योर लाइफ परमानेंटली*)।

छोटा संकल्प रखना फिर भी आसान है। छोटे कैंडी बार्स का बैग ख़रीदना आसान है जो शायद आपके उस नाश्ते की कैलोरी को आधा या ज़्यादा कम कर दे। आपको अभी भी आपकी लालसा और मीठा ट्रीट मिलता है, लेकिन इसका काफ़ी असर होने की संभावना है (*अर्नोल्ड, 2014, स्मॉल मूव, बिग चेंज : यूज़िंग माइक्रो-रिजोल्यूशन्स टु ट्रांसफोर्म योर लाइफ परमानेंटली*)।

अगर हम इसे बायोहैकिंग की थीम से इसे जोड़ें, तो सबसे बड़े असरों पर आप विचार कीजिए। हो सकता है कि आपको कुछ समय तक पिल्स लेने की आदत न पड़ पाई हो, लेकिन आप एक संकल्प ले सकते हैं कि अपने भोजन में दिन में एक बार मल्टीविटामिन जोड़ लें। ये बड़ा बदलाव नहीं होगा, लेकिन आप इसके फ़ायदे देखना शुरू कर देंगे और उसके बाद आप ज़्यादा सप्लिमेंट्स लेने के लिए प्रेरित हो सकते हैं। या इसके बजाय, शायद आप कोई सुपरफूड जो आपको पसंद है, ले लें और उसे अपने नाश्ते में जोड़ दें; मिसाल के तौर पर, सुबह के ओटमील के साथ ब्लूबेरीज़ खाना। ये एक छोटा बदलाव है जिसमें मज़बूत संभावित असर हैं।

छोटा संकल्प तय करने में कुछ योजना और सोच की ज़रूरत होती है। उन आदतों पर विचार करिए जो बदलाव के हिसाब से संवेदनशील हैं और जिनका बड़ा असर होने की संभावना है।

ऐसी चीज़ों को लक्ष्य बनाना अच्छा है जो आप अक्सर करते हैं और जिनके परिणाम होने की संभावना हो। अगर आप हर दिन 500 अतिरिक्त कैलोरी खाते हैं, तो उन्हें आधा करके 250 करना एक बदलाव लाता है और आपके जीवन पर असर छोड़ता है।

इस तकनीक का इस्तेमाल करने की कुंजी है छोटा, लेकिन रणनीतिक रूप से सोचना। ऐसा छोटा संकल्प ना बनाओ जिसमें बड़ा बदलाव शामिल

हो—असल विचार है इसे आसान, लगभग प्राकृतिक, लेकिन निरंतर करना (*अर्नोल्ड, 2014, स्मॉल मूव, बिग चेंज : यूज़िंग माइक्रो-रिजोल्यूशन्स टु ट्रांसफोर्म योर लाइफ परमानेंटली*)।

छोटे संकल्प तय करने की कुंजियाँ एक ख़ास, छोटी, हासिल करने योग्य चीज़ पर ध्यान देना शामिल करती हैं। संकल्प को हर दिन दौड़ने का लक्ष्य मत बनाइए। तय करिए कि आप अपनी कार और ऑफ़िस के बीच चलकर जाएँगे ना कि लिफ़्ट का इस्तेमाल करेंगे (*अर्नोल्ड, 2014, स्मॉल मूव, बिग चेंज : यूज़िंग माइक्रो-रिजोल्यूशन्स टु ट्रांसफोर्म योर लाइफ परमानेंटली*)।

लक्षित व्यवहार को पहचानिए और एक ख़ास संकल्प तय करिए। ऐसे संकल्पों से बचिए जो कभी नहीं, हमेशा, हर बार, हर दिन, पूरी तरह, वगैरह जैसे शब्दों का इस्तेमाल करते हों या जो इन शब्दों या कुछ ऐसा ही संकेत देते हों। ख़ास परिस्थितियों में ख़ास व्यवहारों पर ध्यान दीजिए—मैं रेस्तराँ में डेज़र्ट ऑर्डर नहीं करूँगा (लेकिन कैफ़े में या घर के लिए ख़रीद सकता हूँ), मैं ऑफ़िस में सीढ़ियाँ इस्तेमाल करूँगा (लेकिन दूसरी इमारतों या परिस्थितियों में लिफ़्ट ले सकता हूँ), मैं हफ़्ते में एक बार मेडिटेरेनियन शैली का भोजन खाऊँगा या अपने नियमित मेन्यू में एक डिश जोड़ूँगा या यहाँ तक कि मछली को ऐसे पकाना सीखूँगा जो मुझे पसंद आए (*अर्नोल्ड, 2014, स्मॉल मूव, बिग चेंज : यूज़िंग माइक्रो-रिजोल्यूशन्स टु ट्रांसफोर्म योर लाइफ परमानेंटली*)।

छोटे संकल्प हमारे व्यवहार की एक ख़ास समस्या को लक्ष्य बनाते हैं—ज़्यादा और बेहतर करने और बड़े व्यापक बदलाव करने की हमारी इच्छा। हम अपनी व्यवहारिक बदलाव करने की क़ाबिलियत को अक्सर ज़्यादा आँकते हैं और, अगर हम नाकाम होते हैं, तो हम शायद ही अनुभव से सीखते हैं। छोटे संकल्प लगभग निश्चित रूप से सफल होते हैं और बदलाव लाते हैं। बाद में, हम दूसरे छोटे संकल्प बना सकते हैं, उन आदतों को

धीरे-धीरे बदलते हुए जिन्हें हम बदलना चाहेंगे (*अर्नोल्ड, 2014, स्मॉल मूव, बिग चेंज : यूज़िंग माइक्रो-रिजोल्यूशन्स टु ट्रांसफोर्म योर लाइफ परमानेंटली*)।

प्रकाश और तापमान

हमारा शरीर कई अलग-अलग कारकों से प्रभावित होता है, जिसमें हमारे भोजन से लेकर हमारी निंद्रा तक शामिल हैं। लेकिन, दो ऐसे अहम कारक हैं जो हमारी जैविक लय, तंदुरुस्ती और बायोहैकिंग के लिए नए विकल्प दे सकते हैं। ये हैं अक्सर नज़रअंदाज़ किए जाने वाले प्रकाश और तापमान।

पहले प्रकाश से शुरू करते हैं। हम इसे अक्सर हल्के में लेते हैं, ख़ासकर क्योंकि ज़्यादातर घरों में अब कृत्रिम प्रकाश तक पहुँच है। लेकिन प्राकृतिक और कृत्रिम प्रकाश हमारे शरीर की लय, मूड और यहाँ तक कि हमारे मानसिक सेहत के कुछ पहलुओं को प्रभावित कर सकते हैं।

प्रकाश का पहला काम है हमारे दिमाग़ को संकेत देना कि कब सोने का वक़्त है (क्योंकि अंधेरा आ रहा है और प्रकाश मंद हो रहा है) और कब हमारे दिन के काम का समय है (क्योंकि प्रकाश चमकीला है)। भले ही हमारे पास बल्ब काफ़ी समय से हैं, ये अब भी वही है। सोने से पहले चमकीले प्रकाश के संपर्क में आने से हमें सोना मुश्किल हो सकता है, क्योंकि ये मेलाटोनिन, एक हार्मोन जो नींद को बढ़ावा देता है, के रिलीज़ को बाधित करता है।

जब हमें सुबह काफ़ी प्रकाश नहीं मिलता, हम सुस्त रह सकते हैं। जब दुनिया अभी अंधेरी हो, तब जागना और काम करना काफ़ी मुश्किल है और इसका एक शारीरिक आधार भी है। प्रकाश वो नंबर एक कारक है जो हमारे शरीर को तय करने में मदद करता है कि अब उठने और काम करने का समय है या सोने का, जिसका हमारे सतर्क रहने, सोने और हमारी जैविक लय के साथ जागने या थकान महसूस करने की क़ाबिलियत पर

बड़ा असर पड़ सकता है।

प्रकाश का एक अनपेक्षित प्रभाव यह है कि ये हमारी मानसिक सेहत में योगदान दे सकता है। जिन देशों में शरद और सर्दियों में प्राकृतिक प्रकाश की काफ़ी कमी होती है, वहाँ के लोग अक्सर सीज़नल अफ़ेक्टिव डिसऑर्डर या SAD—एक तरह की डिप्रेशन जो सूरज की रोशनी की कमी से जुड़ा है—का शिकार होते हैं। इसका इलाज सूरज की रोशनी या सूरज की रोशनी की नक़ल करने वाले लैंप्स के संपर्क से किया जाता है। लेकिन भले ही आप इस समस्या से ग्रस्त ना हो, हर दिन 30 मिनट की सूरज की रोशनी का संपर्क (भले ही बादल छाए हों), हमारे मूड और मानसिक सेहत में बड़ा फ़र्क़ डालता है, क्योंकि ये सेरोटोनिन के रिलीज़ को सहारा देता है, जो दिमाग़ में कई अलग-अलग काम करता है (*APA, 2013, डायग्नोस्टिक और स्टैटिस्टिकल मैनुअल ऑफ़ मेंटल डिसऑर्डर्स; कोट्ज़, 2007, गेट हेल्दियर एंड हैपियर*)।

प्राकृतिक प्रकाश हमारे लिए अच्छा है और सुबह इसे लेना और शाम व रात में इससे बचना ज़रूरी है; लेकिन ज़रूरत पड़ने पर कृत्रिम प्रकाश भी काम कर सकता है। प्रकाश और इसके चिकित्सीय उपयोग के बारे में कुछ आधुनिक विवादास्पद विचार भी मौजूद हैं।

लाल प्रकाश चिकित्सा एक विवादास्पद उपचार तरीक़ा है जो 90 के दशक से इस्तेमाल हो रहा है। इसमें त्वचा या त्वचा के हिस्सों को कम आवृत्ति वाले लाल प्रकाश के संपर्क में लाना शामिल है ताकि उपचार को बढ़ावा मिले, रोग प्रतिरोधक क्षमता बढ़े और अलग-अलग त्वचा समस्याओं से लड़ने में मदद मिले। इसका इस्तेमाल सीज़नल अफ़ेक्टिव डिसऑर्डर के इलाज के लिए भी हो सकता है। अभी इसके सबूत मिश्रित किस्म के हैं, लेकिन ये प्रथाएँ अलग-अलग क्लिनिक्स में यूज़ होती हैं (*कॉब, 2020, रेड लाइट थेरेपी बेनीफिट्स*)।

लाल प्रकाश चिकित्सा के अलावा, नीला प्रकाश चिकित्सा भी है

जिसका इस्तेमाल सूरज से त्वचा को हुए नुक़सान को ठीक करने और कुछ कैंसरयुक्त वृद्धियों के लिए भी किया जा सकता है। इसका इस्तेमाल मुँहासों के इलाज (कई सत्रों का उपयोग करके) और सीज़नल अफ़ेक्टिव डिसऑर्डर के लिए भी किया जा सकता है (*कॉब और गॉटर, 2017, ब्लू लाइट थेरेपी*)।

ये बताता है कि प्रकाश में कुछ उपचार के गुण हैं, हालाँकि इसका इस्तेमाल सीमित है और इसे सावधानी से किया जाना चाहिए। आप बस घंटों तक धूप नहीं ले सकते—इससे त्वचा का ज़्यादा नुक़सान हो सकता है। लेकिन ऐसा नहीं लगता कि प्राकृतिक प्रकाश और नींद प्रबंधन से परे प्रकाश बायोहैकिंग के लिए उतना प्रभावी है। प्रकाश-आधारित उपचार ख़ास समस्याओं, जैसे मुँहासे, धूप की कमी से हुई बीमारी या अन्य इस तरह की बीमारियों पर केंद्रित होते हैं।

प्रकाश का हमारे मूड और जैविक लय पर प्रभाव को समझना ज़रूरी है, क्योंकि ये हमें अपने मूड को बढ़ाने और अपनी नींद को सफलतापूर्वक नियंत्रित और विनियमित करने का एक आसान तरीक़ा देता है।

हर दिन कम से कम आधा घंटा प्रकाश का संपर्क अच्छा है और प्राकृतिक प्रकाश सबसे अच्छा काम करता है। सुबह और दोपहर की शुरुआत में प्राकृतिक प्रकाश बेहतर नतीजे दे सकता है।

लेकिन तापमान का यहाँ क्या संदर्भ है? हम तापमान का इस्तेमाल अपने शरीर को नियंत्रित करने के लिए कर सकते हैं और कुछ ऐसे विचार सामने आए हैं कि बढ़ा हुआ तापमान और कम तापमान हमारी सेहत के काम कर सकते हैं।

तापमान इस बात को प्रभावित कर सकता है कि हमारी नींद कितनी आसान या मुश्किल है। कमरे को ठंडा रखना सबसे अच्छा है ताकि हमारे शरीर का तापमान कम हो, जो सोते समय एक प्राकृतिक प्रक्रिया है। तापमान को लगभग 20 डिग्री सेल्सियस या 68 डिग्री फ़ारेनहाइट के आसपास रखने

से स्वस्थ आराम को बढ़ावा मिलता है। गर्म और उमस भरे कमरे में सोना मुश्किल हो सकता है, लेकिन बहुत ठंडे कमरे में भी ऐसा हो सकता है।

ठंड का संपर्क कई एथलीट्स अपनी ताक़त बढ़ाने और अपनी वर्कआउट सत्रों में एक और मुश्किल की परत जोड़ने के लिए यूज़ करते हैं। वर्कआउट से पहले अपने तापमान को कम करके (मिसाल के तौर पर, ठंडा पानी पीकर) या ठंडी जगह या सर्दियों में बाहर वर्कआउट करके, आप अपने शरीर को ज़्यादा चुनौती दे सकते हैं लेकिन अपनी परफ़ॉर्मेंस को भी बढ़ा सकते हैं। ठंड का इस्तेमाल चोट के बाद दर्द और सूजन को कम करने के लिए भी होता है, कुछ एथलीट्स तेज़ी से रिकवर करने और खेल में वापस आने के लिए आइस बाथ यूज़ करते हैं। क्रायोथेरेपी या ख़ास डिज़ाइन किए गए कमरों में पूरे शरीर का ठंडा संपर्क भी काफ़ी मशहूर हो रहा है, लेकिन यहाँ फ़ायदे पूरी तरह वैज्ञानिक आधार पर नहीं हैं (*श्मलिंग, 2018, क्रायोथेरेपी : कैन इट स्टॉप योर पेन कोल्ड?*)।

आप ठंड की ताक़त का इस्तेमाल अपनी एथलेटिक परफ़ॉर्मेंस को बढ़ाने और चोट के बाद रिकवर करने के लिए प्रभावित जगह पर ठंड लगाकर कर सकते हैं। ठंडे शॉवर आपके मूड को भी बढ़ा सकते हैं, ना कि सिर्फ़ शारीरिक तंदुरुस्ती को। ठंडे पानी और तापमान का अगर आप अति न करें तो यह आपके मन को उत्फुल्लित और प्रसन्न कर सकता है। ध्यान देने वाली बात ये है कि जब आप किसी जंगल या वन्यजीव अभयारण्य में हों या अत्यधिक तापमान वाले इलाके में हों अथवा आपको पहले से कोई बीमारी हो, तो ऐसी स्थिति में कोल्ड एक्सपोजर करते समय आप सतर्क रहें।ठंड जलन और त्वचा को नुक़सान पहुँचा सकता है, साथ ही आपके शरीर पर ज़्यादा तनाव डाल सकता है (*श्मलिंग, 2018, क्रायोथेरेपी : कैन इट स्टॉप योर पेन कोल्ड?; एस्प्रे, एन.डी., योर थर्मोस्टेट मे बी की टु बर्निंग मोर कैलोरीज एंड गेटिंग फोक्स्ड*)।

अब गर्मी और बढ़े हुए तापमान का क्या करें? गर्म परिवेश भी आपके

शरीर पर ज़्यादा तनाव डाल सकता है और आपके वर्कआउट को ज़्यादा प्रभावी बना सकता है। सौना जैसी हीट थेरेपी (एक थेरेपी जिसमें शरीर को अपेक्षाकृत ज़्यादा तापमान पर रखा जाता है और जिसकी नींद से लेकर हृदय रोगों जैसी बीमारियों पर सकारात्मक असर पड़ता है) जैसे गर्म पर्यावरण भी आपके मूड को ऊपर ला सकते हैं। गर्म जगह में होना थकाने वाला भी हो सकता है और आपके शरीर पर तनाव डाल सकता है, इसलिए अपनी सीमाएँ पहचानिए और तापमान के साथ ज़्यादा प्रयोग मत करिए, वरना आप डिहाइड्रेट हो सकते हैं (एस्प्रे, एन.डी., *योर थर्मोस्टेट मे बी की टु बर्निंग मोर कैलोरीज़ एंड गेटिंग फोकस्ड*)।

गर्मी और ठंड दोनों आपको अपने रोज़मर्रा के काम या व्यायाम करने में काफ़ी ज़्यादा ऊर्जा खर्च करने पर मजबूर कर सकते हैं, जो सिर्फ़ शारीरिक गतिविधि से ज़्यादा वज़न कम करने को बढ़ावा दे सकता है। ये याद रखना ज़रूरी है कि ये शरीर पर ज़्यादा तनाव डालता है और पानी पास रखना और अपनी सीमाओं का पालन करना चोट से बचने के लिए ख़ास तौर पर ज़रूरी है (एस्प्रे, एन.डी., *योर थर्मोस्टेट मे बी की टु बर्निंग मोर कैलोरीज़ एंड गेटिंग फोकस्ड*)।

गर्म पर्यावरण हमारी संज्ञानात्मक परफ़ॉर्मेंस को भी कम कर देता है। हम ठंडे कमरे में बेहतर कर सकते हैं—ना बहुत ठंडा और ना बहुत गर्म। गर्म कमरे हमें ज़्यादा रिलैक्स और कम केंद्रित कर सकते हैं, लेकिन बहुत ज़्यादा ठंड हमें हमारे दाँतों की किटकिटाहट की वजह से विचलित कर सकती है (एस्प्रे, एन.डी., *योर थर्मोस्टेट मे बी की टु बर्निंग मोर कैलोरीज़ एंड गेटिंग फोकस्ड*)।

गर्मी और ठंड हमारे शरीर को अलग-अलग तरीक़ों से उत्तेजित कर सकते हैं। ये हमारी व्यक्तिगत पसंद, सहनशीलता और आदतों पर भी निर्भर हो सकता है। कुछ लोग ठंड के प्रति संवेदनशील होते हैं और कुछ गर्मी के। कुछ को लगता है कि बहुत गर्म होने पर वे काम नहीं कर सकते, जबकि दूसरों

को कम तापमान में हिलने-डुलने की प्रेरणा जुटाने में मुश्किल हो सकती है। इसका मतलब है कि आपको अपनी स्थिति और तंदुरुस्ती के प्रति भी सजग रहना चाहिए। ख़ुद को बहुत ज़्यादा धक्का देना सेहत समस्याओं को जन्म दे सकता है, क्योंकि बहुत ज़्यादा ठंड या गर्मी आपको बीमार कर सकती है या ज़्यादा समस्याएँ छोड़ सकती है। धीरे-धीरे क़दम बढ़ाइए—बर्फ़ीले पानी में कूदने या चरम *सौना* में जाने की कोशिश ना करें।

अगर आपको लगता है कि आपका वर्कआउट रुक गया है और काफ़ी फ़ायदे नहीं दे रहा, अगर आपको सोने में दिक़्क़त हो रही है, अगर आप दर्द से जूझ रहे हैं या अपने फ़ोकस को ज़्यादा करना चाहते हैं—तो आप जहाँ भी हैं, वहाँ के तापमान के साथ खेलने की कोशिश कीजिए और देखिए कि थर्मोस्टैट बदलने पर आपकी स्थिति कैसे बदलती है।

तापमान और प्रकाश के गुणों का फ़ायदा उठाना काफ़ी आसान है। आपके पास ऐसी लाइट्स हो सकती हैं जो मंद या चमकीली हो जाएँ या कम से कम, शाम के लिए वैकल्पिक प्रकाश स्रोत हों जो लाल, गर्म प्रकाश का इस्तेमाल करें जो प्राकृतिक सूर्यास्त जैसा लगता हो।

ठंडे और गर्म शॉवर आपके शरीर के तापमान को बढ़ाने और कम करने के सबसे आसान विकल्प हैं। सुबह और शाम, वर्कआउट करने से पहले और बाद में इन शॉवरों के साथ प्रयोग कीजिए और देखिए कि आपका शरीर कैसे परिणाम देता है।

क्रायोथेरेपी उन लोगों के लिए एक विकल्प है जो पूरे शरीर के ठंडे संपर्क के गुणों को जानना चाहते हैं। आप इसके बजाय आइस बाथ आज़मा सकते हैं या अपने पास भरोसेमंद क्रायोथेरेपी जगह ढूँढ़ सकते हैं। ठंड का ज़्यादा केंद्रित उपयोग आपको दर्द और थकान से राहत देने में भी मदद कर सकता है।

अपने शरीर को हैक करने के लिए आप ढेर सारी चीज़ें कर सकते हैं ताकि परफ़ॉर्मेंस बढ़े, सेहत और तंदुरुस्ती बेहतर हो और आपकी ज़िंदगी का हर पहलू बेहतर हो। सुनिश्चित कीजिए कि आप उन हैक्स पर ध्यान दें

जो ज़्यादा सिद्ध हैं और उनसे बचिए जो अभी भी संदिग्ध हैं। हमेशा प्रयोग करते रहिए और देखिए कि आपके लिए क्या काम करता है और मेहनत के हिसाब से सबसे अच्छे नतीजे क्या लाता है। आप अपने निजी हैक्स खोज सकते हैं और एक स्थिर रूटीन बना सकते हैं जो आपको आपके लक्ष्यों के ज़्यादा क़रीब ले जाए।

सारांश

- भले ही हम सभी सेहतमंद खान-पान के सिद्धांत जानते हैं, अच्छी आदतें विकसित करने में समय और मेहनत लगती है।
- "धक्का सिद्धांत" उन छोटे बदलावों के बारे में है जो हम अपने पर्यावरण में कर सकते हैं जो मनचाहे व्यवहार को प्रेरित करेंगे। हर चीज़ एक विकल्प है, लेकिन हम सही विकल्प को आसान और ज़्यादा स्वचालित बना सकते हैं अपने पर्यावरण में छोटे बदलाव करके।
- सुनिश्चित करिए कि हर व्यवहार के लिए हमेशा एक फ़ीडबैक तंत्र हो और जटिल व्यवहारों और विकल्पों को जितना हो सके, सरल करने की कोशिश कीजिए। धक्कों के उदाहरणों में घर में नाश्ते की चीज़ें रखना, किराने की दुकान में ललचाने वाले गलियारों से बचना या व्यायाम को अपनी रूटीन की दूसरी और ज़्यादा स्थापित आदतों से जोड़ना शामिल है। सही तरीक़े से किया जाए, तो धक्का आपको सही काम करने में मदद करता है बिना ज़्यादा अतिरिक्त इच्छाशक्ति खर्च किए!
- कैरोलिन अर्नोल्ड का छोटे संकल्पों का कॉन्सेप्ट हमें बताता है कि जब हम छोटे क़दमों के लिए प्रतिबद्ध होते हैं, तो बड़ी चीज़ें मुमकिन हैं। अगर आप सही दिशा में एक छोटा लेकिन ख़ास बदलाव करते हो और उसका पालन करते हैं, तो इसका संचयी प्रभाव ज़बरदस्त हो सकता है।

- छोटा संकल्प बनाने के लिए, एक लक्षित व्यवहार को पहचानिए, फिर बदलाव की ओर छोटे वादे कीजिए, कुछ भी नाटकीय या चरम से बचते हुए। छोटा लेकिन रणनीतिक रूप से सोचिए—सबसे छोटा बदलाव कीजिए जो आपको पता हो कि आप हमेशा के लिए बनाए रख सकते हैं।
- दो कारक जो हम जानते हैं कि हमारे खाने के व्यवहार को प्रभावित करते हैं, वो हैं प्रकाश और तापमान। अपनी जैविक लय के साथ काम करना उनके ख़िलाफ़ काम करने से ज़्यादा आसान है और इससे टिकाऊ और सेहतमंद बदलावों की ज़्यादा संभावना है।
- कम से कम, सुबह जागने पर ख़ुद को प्राकृतिक प्रकाश के संपर्क में लाइए और देर रात तक कृत्रिम प्रकाश से बचिए। इसी तरह, गर्मी और ठंड का इस्तेमाल शरीर को जगाने या प्राकृतिक नींद के संकेतों को प्रोत्साहित करने के लिए किया जा सकता है।

भाग 3

पर्याप्त नींद लेकर शिखर तक पहुँचने की कला

अपने जीवविज्ञान को नियंत्रण हासिल कर, उसे पूरी तरह समझकर और उसे ऊँचा उठाने की खोज में, हमने सुपर-न्यूरोकेमिकल डोपामाइन और पोषण के प्रभाव पर विचार किया है। और अब, हम इस तिकड़ी का आख़िरी हिस्सा देखते हैं : नींद। "बायोहैकिंग" शब्द का ज़ाहिर तौर पर प्रोग्रामिंग और कंप्यूटर साइंस से ताल्लुक है, लेकिन सच ये है कि मानव शरीर किसी मशीन की तरह बिल्कुल नहीं है। ये जीवित हिस्सों से बना है जो, सबसे अच्छी स्थिति में भी, समय के साथ खराब ही होते जाएँगे और एक दिन खत्म हो जाएँगे। ये एक ऐसी चीज़ भी करता है जो मशीनों को करने की ज़रूरत नहीं : आराम। शरीर एक जीव है जो ऊर्जा खर्च करने और ठीक होने, रिकवरी और पुनर्जनन के दौरों के बीच बदलता रहता है। ये विकास और विस्तार करने में सक्षम है, लेकिन ऐसा करने के लिए, इसे बीच-बीच में निष्क्रियता के कई दौर चाहिए जहाँ यह सुप्त हो जाता है और बस आराम करता है।

इसलिए, अपने जीवविज्ञान के साथ मिलकर काम करने और इसे सबसे बेहतर बनाने के लिए, हमें इस प्राकृतिक "डाउन टाइम" की ज़रूरत का सम्मान करना होगा और इसका फ़ायदा उठाना होगा। यही नींद को बायोहैकिंग का सबसे ज़रूरी क्षेत्र बनाता है। आपने शायद ऐसे विवादास्पद लेख देखे होंगे कि कैसे अपने शरीर को रात में सिर्फ़ 3 घंटे की नींद देकर भी शानदार बनाया जा सकता है या भूखे पेट मैराथन दौड़ा जा सकता है, लेकिन इससे थोड़ा कम आकर्षक सत्य यह है कि एक सेहतमंद, ज़िंदादिल शरीर कोई सुपरह्यूमन मशीन नहीं, बल्कि एक जानवर है जिसकी सीमाओं का सम्मान करना ज़रूरी है।

अध्याय 5

नींद का सच्चा महत्त्व

नींद, बिना किसी अतिशयोक्ति के आपकी सेहत के लिए सबसे ज़रूरी ज़रूरत है। आप बिना खाने और पानी के दिन बिता सकते हैं और आपका शरीर सप्लिमेंट्स या दवाओं के बिना सालों तक ख़ुशी से जीवित रह सकता है। लेकिन इसे कुछ दिन बिना नींद के रहने के लिए कहिए और आपको परेशानियाँ दिखने लगेंगी।

क्या नींद शारीरिक सेहत को बेहतर करती है? बिल्कुल। भावनात्मक सेहत? उससे भी ज़्यादा। ये हमारे रिश्तों, हमारी रचनात्मकता, हमारी समस्या-समाधान की क्षमता और कई दूसरी चीज़ों को बेहतर कर सकती है। भले ही समाज में नींद को हमेशा क़दर ना मिले, लेकिन हाल के सबूत बताते हैं कि ये हमारी तंदुरुस्ती के लिए बुनियादी तत्वों में से एक है। यहाँ एक संकेत है : अपनी नींद के शेड्यूल को बायोहैक करना नींद को कम करने के बारे में कम है और इसे अपनी सही जगह पर वापस लाने के तरीक़ों को ढूँढ़ने के बारे में ज़्यादा।

नींद को समाज में नज़रअंदाज़ किया जाता है। हसल कल्चर कहता है कि हमें जितना हो सके काम करना चाहिए और अपनी सीमाओं तक ख़ुद को धकेलना चाहिए। कई कार्यस्थल कर्मचारियों के खाली समय में दखल

देते हैं और कुछ लोग नींद को एक कमज़ोरी मानते हैं। लेकिन पिछले कुछ सालों की रिसर्च बिना किसी शक के नींद की ताक़त और इसके आपकी सेहत पर असर को दिखाती है (*वॉकर, 2018, व्हाय वी स्लीप*)।

अगर हम नहीं सोते तो क्या होता है? उन चीज़ों की लिस्ट बनाना आसान होगा जो नींद की कमी से नकारात्मक रूप से प्रभावित नहीं होतीं, बनिस्बत इसके कि क्या प्रभावित होता है! रिसर्च बताती है कि ज़्यादातर वयस्कों, किशोरों और बच्चों के लिए, नींद की कमी से तुरंत और लंबे समय तक चलने वाले प्रभाव पड़ते हैं।

बिना नींद के, आपकी ध्यान और स्मृति क्षमता कम हो जाएगी। हम धीमे रिएक्ट करेंगे : हमारी मोटर स्किल्स सुस्त हो जाएँगी और जवाब देने में लगने वाला समय बढ़ जाएगा। नींद की कमी कार्यस्थल और घर पर हादसों को जन्म देती है और सड़क पर ख़तरनाक परिस्थितियों का एक प्रमुख कारण है, जो कार हादसों में योगदान देती है (*गॉटलिब, एलनबोगेन, बियानची और ज़ाइस्लर, 2018 स्लीप डिफिसियेंसी एंड मोटर वेहिकल क्रैश रिस्क इन द जेनरल पॉपुलेशन : ए प्रोस्पेक्टिव कोहर्ट स्टडी*)। हमारा मूड बदल जाता है। इससे हम ज़्यादा चिड़चिड़े हो जाते हैं और सामान्य रूप से हर तरह की नकारात्मक भावनाओं के प्रति ज़्यादा संवेदनशील हो जाते हैं।

दूसरों पर झपटना और गुस्सा निकालना आसान हो जाता है, जिससे हमारे रिश्ते ख़राब होते हैं।

नींद की कमी कम ऊर्जा और उत्पादकता से जुड़ी है। हम उतना नहीं कर पाते और जो कर पाते हैं, उसे करने में ज़्यादा समय लगता है। ये रचनात्मकता और समस्या-समाधान को चोट पहुँचाती है।

मानसिक सेहत के मामले में, नींद की कमी डिप्रेशन और चिंता को बढ़ाती है, साथ ही दूसरी समस्याएँ भी। पर्याप्त नींद ना लेने से हमें टाइप 2 डायबिटीज़, हाई ब्लड प्रेशर, दिल की बीमारी, स्ट्रोक और यहाँ तक कि जल्दी मृत्यु का भी जोखिम होता है। जब हम नहीं सोते तो हम ज़्यादा खाते

हैं और कम सेहतमंद खाना खाते हैं, जिससे मोटापे की संभावना बढ़ सकती है। ये रोग प्रतिरोधक क्षमता को नुक़सान पहुँचाता है और हमारे बीमार पड़ जाने की ज़्यादा आशंका हो जाती है। जो बच्चे और किशोर पर्याप्त नहीं सोते, उन्हें उनके विकास और वृद्धि में ज़्यादा समस्याएँ होती हैं (*बैबसन, ट्रेनर, फेल्डमैन और ब्लूमेंथल, 2010, ए टेस्ट ऑफ द इफेक्ट्स ऑफ एक्यूट स्लीप डिप्राइवेशन ऑन जेनरल एंड स्पेशिफिक सेल्फ-रिपोर्टेड एंक्जाइटी एंड डिप्रेसिव सिम्पोम्स : एन एक्सपेरिमेंटल एक्सटेंशन*)।

हम हमेशा नींद की कमी के प्रभावों को पहचान नहीं पाते। अगर ये एक पुरानी समस्या बन जाए (जो दुनिया भर के ज़्यादातर वयस्कों के लिए आम है), तो हम इस स्थिति को अपनी नई सामान्य स्थिति मान सकते हैं। ये वो बेंचमार्क बन जाता है जिससे हम ख़ुद को नापते हैं, भले ही बेहतर नींद की गुणवत्ता हमारे काम और महसूस करने के तरीक़े को बदल सकती है। नींद की कमी का एक जोखिम ये है कि हम माइक्रोस्लीप का अनुभव शुरू कर देते हैं। माइक्रोस्लीप, आसान शब्दों में, वो छोटा समय है जब आपका दिमाग़ बंद हो जाता है। आपको अक्सर पता नहीं चलेगा कि क्या हो रहा है, लेकिन आप अपने रोज़मर्रा के अनुभवों को मिस कर सकते हैं। अगर ये ड्राइविंग या किसी ऐसी चीज़ में होता है जिसमें आपको सतर्क रहना ज़रूरी है, तो ये काफ़ी ख़तरनाक हो सकता है। हम माइक्रोस्लीप को रोक नहीं सकते (*केनेडी, हावर्ड और पियर्स, 2001, माइक्रोस्लीप लिटरेचर रिव्यू*)।

अक्सर, आपको लग सकता है कि आप ठीक हैं या बस थोड़ा सुस्त हैं। लेकिन इसका मतलब ये नहीं कि आप अपनी स्थिति का सही आकलन कर रहे हैं। ज़्यादातर बार, हम नींद की कमी में अपनी अच्छा करने की क़ाबिलियत को ज़्यादा आँकते हैं।

यहाँ कुछ ऐसे जोखिम हैं जो पुरानी नींद की कमी वाला व्यक्ति अपने दिन भर में झेल सकता है। वे शायद :

- काम पर एक महत्त्वपूर्ण प्रोजेक्ट भूलकर भारी ग़लती कर दे
- कार क्रैश कर दे
- अपने प्रियजनों के साथ झगड़ा करे
- व्यायाम ना करें या सेहतमंद खाना ना खाए
- सामने आने वाली समस्या का समाधान ना पहचान पाए
- रसोई के चाकू से ग़लती से ख़ुद को काट ले
- ठोकर खाकर गिर जाए
- दिन भर बीमार, थका हुआ या स्वयं को बिना प्रेरणा के महसूस करे
- बुरी सर्दी-ज़ुकाम पकड़ ले

नींद हमारे दिमाग़ को ठीक करने और सही ढंग से काम करने के लिए ज़रूरी है। हमारी सात से नौ घंटे की नींद हमें सतर्क रहने और हमारी सीखने की क्षमता को बेहतर करने में मदद कर सकती है। हम चीज़ों को याद कर सकते हैं और उन्हें बेहतर ढंग से याद रख सकते हैं। इससे हमारा मूड सुधरता है और हम ज़्यादा रचनात्मक होते हैं। हम अपने क्षेत्र में उत्कृष्टतापूर्वक काम करते हैं।

एक अच्छी रात का आराम हमें भावनाओं को नियंत्रित करने में मदद करता है और हादसों का जोखिम कम करता है। ये हमारी प्रेरणा और उत्पादकता को बढ़ाता है। नींद हमारी शारीरिक, भावनात्मक और मानसिक सेहत को बेहतर कर सकती है।

हाल की रिसर्च मज़बूती से इस विचार का समर्थन करती है कि हम जो नींद की कमी झेल रहे हैं, वो हमें वहाँ चोट पहुँचाती है जहाँ सबसे ज़्यादा दर्द होता है (*वॉकर, 2018, व्हाय वी स्लीप?*)। वाक़ई, ये हमें लगभग एकसमान चोट पहुँचाती है, ये हमारे शरीर, दिमाग़, भावनाओं और मन को नुक़सान पहुँचाती है। ये हमें हमारी पूरी क्षमता तक जीने से रोकती है। हमें शायद कभी इसका नुक़सान पता भी ना चल पाए। अगर आप उन लोगों

में से हैं जो साफ़-सुथरी ज़िंदगी जीते हैं, नियमित व्यायाम करते हैं, अपनी सब्ज़ियाँ खाते हैं और हर सुबह शीशे के सामने मंत्र बोलते हैं, तो ये जानकर आपको झटका लग सकता है कि हर रात ज़रूरत से कम घंटे सोकर आप अपनी हर मेहनत को बेकार कर सकते हैं।

सर्कैडियन लय

यह हर चौबीस घंटे में पुन : आने वाली एक जैविक प्रक्रिया है जो शारीरिक, मानसिक और व्यावहारिक परिवर्तनों से संबंधित है।

इससे नींद की ज़बरदस्त अहमियत स्थापित होती है और यह नींद की गुणवत्ता को बेहतर बनाने पर काम करने की ज़रूरत को जायज़ ठहराती है। लेकिन नींद की गुणवत्ता को कैसे बेहतर किया जाए, ये समझने के लिए हमें एक ज़रूरी कॉन्सेप्ट पर जाना होगा।

सर्कैडियन लय—हमारे शरीर और दिमाग़ में होने वाले वो बदलाव हैं जो 24 घंटे के चक्र का पालन करते हैं।

रोज़मर्रा की बायोहैकिंग में एक प्रमुख थीम यह है कि हम अपने शरीर को जो पहले से करने के लिए डिज़ाइन किया गया है, उसके साथ काम करें। जहाँ ज़्यादा चरम बायोहैकर्स इस बात के साथ प्रयोग करना पसंद करते हैं कि वे हमारी प्राकृतिक क्षमताओं को कितना धक्का दे सकते हैं और मानव जीव को ज़मीन से कैसे फिर से डिज़ाइन कर सकते हैं, वहीं ज़्यादा पारंपरिक ज्ञान इस बात से अवगत है कि विकास के सबसे बड़े मौक़े, विरोधाभास रूप से, हमारी उस क़ाबिलियत में हैं कि हम वही हों जो हम हैं, उससे कम नहीं।

सर्कैडियन लय उन गहरी, अवचेतन में बसी आदतों का एक प्रमुख उदाहरण है जो हमारे शरीर ने सहस्राब्दियों में विकसित की हैं। इंसान दिन

के दौरान एक चक्र का पालन करता है जो पर्यावरणीय और आंतरिक बदलावों के अनुरूप होता है। सभी जीवित चीज़ों के पास चक्र होते हैं जो उनकी मौजूदगी के लिए ज़रूरी प्राकृतिक प्रक्रियाओं को तय करते हैं। मिसाल के तौर पर, फूल सुबह खिलते हैं और शाम को बंद हो जाते हैं। भालू सर्दियों में हाइबरनेट करते हैं और वसंत में शिकार करते हैं।

दिन भर में, हमारी गतिविधियाँ चक्रीय रूप से चलती हैं और इसमें हमारी भूख, हमारी ऊर्जा का स्तर, हमारी नींद या जागने के पैटर्न और यहाँ तक कि हमारी कामेच्छा भी शामिल है। नींद इन सर्केडियन लय से जुड़ी है जो हमारे जैविक घड़ियों द्वारा तय होती हैं, जो प्रोटीन की एक श्रृंखला हैं जो हमारे शरीर को बनाने वाले अंगों और ऊतकों पर काम करती हैं और ये घड़ियाँ एक मास्टर घड़ी के अनुसार काम करती हैं, जो दिमाग़ में स्थित है। इंसानों के लिए, ये घड़ी दिमाग़ का हिस्सा है और इसे सुप्राचियास्मैटिक न्यूक्लियस के रूप में जाना जाता है, जो हाइपोथैलेमस में स्थित है। ये एक न्यूरोलॉजिकल संरचना है जो प्राकृतिक कारकों, जैसे जेनेटिक्स, पर निर्भर करती है, जो हमारे शरीर की सर्केडियन लय को तय करते हैं, हालाँकि, मास्टर घड़ी और, इस तरह, जैविक घड़ियाँ पर्यावरणीय कारकों और ख़ास तौर पर प्रकाश के संपर्क के प्रति संवेदनशील हैं (*NIH, 2021, सर्केडियन रिद्म्स*)।

सर्केडियन लय इस बात को प्रभावित करती हैं कि कुछ हार्मोन कब रिलीज़ होते हैं, हम दिन के किसी ख़ास समय पर कितने सतर्क हैं, हमें कब भूख लगती है, हमारा पाचन कैसे काम करता है और हमारे शरीर के तापमान में बदलाव कैसा है। लेकिन सर्केडियन लय का सबसे ज़ाहिर काम है नींद का नियमन।

हमारी नींद एक हार्मोन द्वारा नियंत्रित होती है जिसे मेलाटोनिन कहते हैं। ये हमें नींद महसूस कराता है। बिना मेलाटोनिन के, हमें सोने में मुश्किल हो सकती है।

मेलाटोनिन का रिलीज़ प्रकाश के संपर्क से जुड़ा है और पर्यावरण में प्रकाश के स्तर से बंधा है जो हम महसूस करते हैं। दिमाग़ ऑप्टिक नर्व्स के ज़रिए जानकारी लेता है और कम प्रकाश वाले पर्यावरण में मेलाटोनिन बनाता है। अगर बहुत ज़्यादा प्रकाश हो, तो ये मेलाटोनिन को रोकता है, क्योंकि इससे शरीर को लगता है कि दिन है।

ज़्यादातर लोगों की सर्कैडियन लय इस तथ्य के इर्द-गिर्द केंद्रित होती है कि हमें ज़्यादातर दिन में सक्रिय और रात में सोते हुए रहना चाहिए। हालाँकि, जब हम अनुभव करते हैं, तो कुछ और कारक भी हैं जो हमारी सर्कैडियन लय को प्रभावित कर सकते हैं।

आज नींद का सबसे बड़ा बाधक है कृत्रिम प्रकाश। लाइट बल्ब्स, हाँ, लेकिन कंप्यूटर स्क्रीन्स, टीवी, स्मार्टफ़ोन्स, वगैरह भी मेलाटोनिन के रिलीज़ को रोक सकते हैं। रात में इन डिवाइसेज़ का इस्तेमाल करना या सोने से पहले चमकीला प्रकाश होने से सोना ज़्यादा मुश्किल हो सकता है और यहाँ तक कि हमारी सर्कैडियन लय में बदलाव कर सकता है जो हमारी सेहत को नुक़सान पहुँचा सकता है।

अगर आपने कभी किसी दूसरे टाइम ज़ोन में यात्रा की है, तो आपने शायद सर्कैडियन लय के बाधित होने के प्रभावों को ख़ुद देखा होगा। जेट लैग एक और समस्या है जो हमारे शरीर को उलझन में डाल सकती है और इससे हम थकान, सोचने में दिक़्क़त और दिन भर सुस्ती महसूस करते हैं। जेट लैग आम तौर पर जल्दी गुज़र जाता है, लेकिन सर्कैडियन चक्र की दूसरी बाधाएँ और बुरे प्रभाव डाल सकती हैं।

मिसाल के तौर पर, शिफ़्ट वर्क नींद के विस्थापन का कारण बनता है और समय के साथ हमारी प्राकृतिक सर्कैडियन चक्रों में बाधा डालने की वजह से काफ़ी नकारात्मक सेहत प्रभावों में योगदान दे सकता है। रात में काम करने से व्यक्ति को तब जागने और सतर्क रहने की ज़रूरत पड़ सकती है जब उनके शरीर को नींद चाहिए, जिससे सेहत समस्याएँ होती हैं, भले ही

लोग दिन में घंटों सो सकें (*जेम्स, हॉन, गड्डमधी और वैन डोंगन, 2017, शिफ़्ट वर्क : डिसरप्टेड सेर्केडियन रिद्म एंड स्लीप-इम्पलिकेंशन्स फॉर हेल्थ एंड वेल बीईंग)*।

हमारे शरीर के लिए सबसे अच्छा है जब हमारे नींद के पैटर्न हमारी सर्केडियन लय के साथ कम से कम ज़्यादातर समय तालमेल में हों। इसका मतलब है कि हमें इन चक्रों के काम करने के तरीक़े को पहचानना चाहिए और उस चौबीस घंटे की घड़ी को देखना चाहिए जिस पर हमारा शरीर चल रहा है।

नींद को मापना और निगरानी करना

हालाँकि मानव प्रजाति का हर सदस्य एक ही जीवन पैटर्न और लय का पालन करता है, फिर भी कई व्यक्तिगत अंतर हैं और व्यक्ति अपने जीवनकाल में भी बदल सकते हैं। वैज्ञानिकों के पास आपकी सर्कैडियन लय को मापने के अलग-अलग तरीक़े हैं, लेकिन ये जटिल होते हैं। आपके नींद के पैटर्न की निगरानी करना आसान हो सकता है, लेकिन ये याद रखना ज़रूरी है कि ये कैफ़ीन की खपत, प्रकाश के संपर्क, तनाव और दूसरी चीज़ों से प्रभावित होते हैं, ख़ास तौर पर नींद का कर्ज़ और नींद की जमा ज़रूरत जो तब बनती है जब आप कई रातों तक काफ़ी नींद नहीं ले पाते। नतीजतन, कई लोग मानते हैं कि वे "मॉर्निंग पर्सन" नहीं हैं, जबकि असल में वे सालों से नींद की कमी झेल रहे हैं।

आप आसान टिप्पणियाँ लिख सकते हैं। इस बात को नोट करिए कि आप ज़्यादातर दिन कब नींद महसूस करते हैं और अपनी टिप्पणियाँ लिखिए। इस बात पर ध्यान दीजिए कि आप नियमित तौर पर दिन में कब नींद महसूस करते हैं और क्या ये वो समय है जब आप सोने जाते हैं। इस बात पर विचार कीजिए कि आपका नींद का शेड्यूल कितना स्थिर है या क्या ये ज़्यादातर दिन एक घंटे से ज़्यादा बदलता है।

इस बात पर ध्यान दीजिए कि आप आम तौर पर कब जागते हैं, ख़ास तौर पर बिना अलार्म क्लॉक के। अगर आप नींद की कमी झेल रहे हैं, तो आप ज़्यादा सोने के लिए ललचाएँगे, बेशक, लेकिन उन दिनों का क्या जब आपने ज़्यादातर अच्छी रात का आराम लिया? आप दिन के उन समयों को भी ट्रैक कर सकते हैं जब आपको सबसे ज़्यादा ऊर्जा महसूस होती है और जब आपकी ऊर्जा कम हो जाती है।

आजकल "क्रोनोटाइप्स" के कॉन्सेप्ट पर काफ़ी बहस चल रही है, जो सर्केडियन लय पर व्यक्तिगत जैविक बदलाव हैं। मिसाल के तौर पर, आप उन लोगों में से हो सकते हैं जो वाक़ई देर रात काम करने और सुबह 11 बजे के आसपास जागने में सबसे अच्छा काम करते हैं। भले ही ये बदलाव और प्रकार मौजूद हैं, सचाई ये है कि ज़्यादातर लोग रात में लगभग आठ घंटे की नींद पर फलते-फूलते हैं। पहले ये तय करना मुश्किल हो सकता है कि आपकी प्राकृतिक प्रवृत्ति क्या है, बनाम साधारण बुरी आदतें, लेकिन धैर्य रखिए और खुले दिमाग़ से और घंटे-दर-घंटे अपनी भावनाओं के प्रति जागरूक रहिए।

अपने दिन के समय की टिप्पणियों के अलावा भी, ऐसे टूल्स मौजूद हैं जो आपकी नींद को ट्रैक करने में मदद कर सकते हैं। नींद ऐप्स अलग-अलग मापों का इस्तेमाल करके ट्रैक कर सकते हैं कि आपको कितनी गहरी नींद मिल रही है। आपको बस अपने फ़ोन को गद्दे पर रखना है और ये ट्रैक करेगा कि आप रात में कैसे हिल रहे हैं। फ़िटनेस ट्रैकर्स, स्मार्ट वॉचेस और दूसरे वीयरेबल्स भी नींद की दक्षता को ट्रैक कर सकते हैं। हालाँकि ये ट्रैकर्स और ऐप्स परफ़ेक्ट नहीं हैं, फिर भी वे मूल्यवान जानकारी दे सकते हैं, ख़ास तौर पर अगर वे पता लगाएँ कि आपको काफ़ी गहरी नींद नहीं मिल रही। आप दूसरी चीज़ों को भी आज़मा सकते हैं, ख़ास तौर पर अपने ख़ुद की अनुभवों और टिप्पणियों पर ध्यान दीजिए (*चोई और अन्य, 2018, स्मार्टफोन एप्लिकेशन्स टु सपोर्ट स्लीप सेल्फ-मैनेजमेंट : रिव्यू एंड इवोल्यूशन*)।

सवाल यह है कि आप यहाँ क्या जानकारी इकट्ठा कर रहे हैं और क्यों?

आप शायद उन समयों को नोटिस करेंगे जब आप ज़्यादा सुस्त या ज़्यादा सतर्क महसूस करते हैं। सबसे अच्छा यह है कि अपने सोने का समय उस समय से मिलाने की कोशिश कीजिए जब आपका शरीर ज़्यादा थका और नींद की ओर झुका हुआ महसूस करता है और उस समय के जितना क़रीब हो सके आप जागिए जब आपकी आंतरिक घड़ी वहाँ से विदा होने के लिए तैयार हो। ये हमेशा हासिल करना आसान नहीं, लेकिन ये आपके महसूस करने और कितना आराम मिलता है, उसमें ज़बरदस्त फ़र्क़ डाल सकता है।

अगर आपको नींद की गुणवत्ता के बारे में जानकारी मिलती है, तो आप किसी ख़ास शेड्यूल का पालन करके बेहतर आराम कर सकते हैं। शायद आपको ज़्यादा गहरी नींद मिले अगर आप आधी रात से पहले सोने में कामयाब हों और हो सकता है कि नींद कम मिले अगर आप दो बजे के बाद सोते हो। ये सब आपकी नींद के शेड्यूल को संरेखित करने, उसके साथ तालमेल मिलाने में आपकी मदद कर सकता है। कई दिन और रात तक अपनी नींद की निगरानी कीजिए, ख़ास तौर पर अगर आप कई कारकों का सामना कर रहे हैं जो आपको नींद या ऊर्जा महसूस करने के समय को बदल सकता हो।

अपनी नींद का शेड्यूल बनाइए

ये समाधान बहुत आकर्षक नहीं है, लेकिन इसके नतीजे बढ़िया मिलते हैं। नींद के शेड्यूल का पालन करके, आप अपने शरीर को एक ख़ास लय का आदी बनाते हैं जो आपकी सर्केडियन लय के साथ क़रीब से लयबद्ध हो सकती है और आपको हर दिन तरोताज़ा और ऊर्जा से भरपूर होकर जागने देता है।

बेशक, आपातकाल और दूसरी परिस्थितियाँ होती हैं, लेकिन हमें नियमित नींद के शेड्यूल को आदत बनाने और इसे तब तक बाधित ना

करने की कोशिश करनी चाहिए जब तक ज़रूरी ना हो। जब आप इसे प्राथमिकता बनाते हो, तो आप बेहतर नतीजे पा सकते हैं जो आपकी सेहत, तंदुरुस्ती और हर क्षेत्र में परफ़ॉर्मेंस को ज़रूर बेहतर करेंगे। क्या ये इस ढाँचे को अपनाने के लायक़ नहीं?

ऐसा शेड्यूल ढूँढ़िए जो आपके लिए व्यावहारिक हो। अगर आप देर रात तक सोने के आदी हैं, तो अचानक सब कुछ उलट देना काफ़ी चुनौतीपूर्ण है। आप उस समय की ओर धीरे-धीरे वापस जा सकते हैं जो आरामदायक लगे। अपने नींद के शेड्यूल को हर दिन 15 मिनट पीछे कीजिए और जागने का समय उसी हिसाब से समायोजित कीजिए। एक बार जब आप उचित समय पर पहुँच जाएँगे, तो इस समय सोने की आदत डाल लीजिए। शुरू में शायद मुश्किल हो, लेकिन जल्दी ही ये काफ़ी आसान हो जाएगा, क्योंकि आपका शरीर ठीक उसी समय मेलाटोनिन बनाना सीख लेता है और आपको जल्दी सोने देता है, जिससे हर रात बेहतर आराम मिलता है।

नींद का शेड्यूल एक केंद्रीय रणनीति है जिसे आपको लागू करना चाहिए। अगले हिस्सों में, हम दूसरी चीज़ों पर नज़र डालेंगे जो नींद की गुणवत्ता को बेहतर कर सकती हैं।

सारांश

- ज़िंदगी का कोई ऐसा क्षेत्र नहीं जो बेहतर नींद की रूटीन से बेहतर ना हो और इसकी अहमियत शारीरिक और मनोवैज्ञानिक सेहत, लंबी उम्र, अच्छी रोग प्रतिरोधक क्षमता और रचनात्मकता तक फैली हुई है।
- नींद कई जटिल कारकों से प्रभावित होती है, जैसे जेनेटिक्स, उम्र, आदत, मौसम और व्यक्तिगत प्रवृत्ति और पसंद। इस क्षेत्र में बायोहैकिंग शायद नींद के आसपास की आजीवन बुरी आदतों को

छोड़ने और अपने शरीर को हर शाम तरोताज़ा होने का सही मौक़ा देने से ज़्यादा कुछ नहीं!

- बिना नींद के, हमारे मूड, संज्ञान, स्मृति और कुल ताक़त को झटका लगता है। हम ना सिर्फ़ ठीक नींद लेने पर बेहतर सोचते हैं, बल्कि हम अपनी भावनाओं को बेहतर नियंत्रित कर पाते हैं और तेज़ी से सीखते हैं।
- सर्केडियन लय प्राकृतिक, अंतर्निहित "जैविक घड़ी" है जो 24 घंटे के जागने/सोने के चक्र पर चलती है। क्योंकि ये लय हार्मोन उत्पादन और रिलीज़ को प्रभावित करती है, ये शरीर के हर सिस्टम और अंग पर असर डालती है। अपनी सर्केडियन लय के साथ काम करना और उसका समर्थन करना बेहतरीन नींद की सेहत की कुंजी है।
- आपकी सेहत में सबसे अच्छा और प्रभावशाली बदलाव जो आप कर सकते हैं, वो है एक नियमित नींद की रूटीन में आना। इसका मतलब है हर दिन एक ही समय पर जागना और सोना। अपनी प्राकृतिक लय पर ध्यान दीजिए (हो सके तो एक ऐप का इस्तेमाल करके निगरानी कीजिए) और फिर उसी हिसाब से एक रूटीन शेड्यूल कीजिए। वीकेंड्स पर ज़्यादा सोने से बचिए—जब बात नींद की आती है, तो स्थिरता वाक़ई कुंजी है।

अध्याय 6

पक्की और गहरी नींद लें

दोस्तो, अगर आपको रात को गहरी और मस्त नींद चाहिए, तो अपने कमरे को थोड़ा व्यवस्थित करना पड़ेगा! आइए, अपने बेडरूम को चेक करें और देखें कि हम क्या बदलाव ला सकते हैं ताकि हमें चैन वाली नींद आए। अभी हम सिर्फ़ कमरे की बात करेंगे, बाद में लाइफस्टाइल पर भी बात करेंगे।

सबसे अच्छी नींद तब आती है जब कमरा अंधेरा, ठंडा, हवादार और आरामदायक हो और सिर्फ़ सोने के लिए उसे इस्तेमाल किया जाए।

रोशनी और अंधेरा

नींद का कनेक्शन है मेलाटोनिन हॉर्मोन से और ये मेलाटोनिन बनता है रोशनी के हिसाब से। जब हमारी आँखें दिमाग को रोशनी का सिग्नल भेजती हैं, तो दिमाग समझता है कि अभी दिन है, जागते रहो! तेज़ बल्ब, सूरज की रोशनी या फोन-लैपटॉप की नीली रोशनी मेलाटोनिन को रोक सकती है। ये हमारे शरीर के बायोलॉजिकल क्लॉक को कन्फ्यूज़ कर देता है (वॉकर, 2018, *व्हाय वी स्लीप*)।

तो ऐसे में क्या करें? सबसे पहले, अपने कमरे को रात में बिल्कुल अंधेरा कर दीजिए। छोटी-मोटी रोशनी भी नींद में खलल डाल सकती है। ब्लैकआउट पर्दे टांगिए या फिर आँखों पर स्लीप मास्क यूज़ करिए।

सोने से एक घंटा पहले लाइट्स को मद्धिम कर दीजिए। फोन या लैपटॉप यूज़ करना ही है, तो ब्लू लाइट फ़िल्टर ऐप डाल लीजिए। इससे गैजेट्स छोड़ने के बाद नींद जल्दी आएगी।

तापमान

ठंडे कमरे में नींद ज़्यादा मज़ेदार आती है। एसी या पंखा चलाकर कमरे को ठंडा और हवादार रखिए। गर्म रजाई और पजामा यूज़ करिए, लेकिन कमरा गर्म मत होने दीजिए। अपने लिए कूल टेंपरेचर सेट करिए और गर्मी से बचने की कोशिश कीजिए। उमस और गर्मी नींद को खराब कर देती है।

गैजेट्स और टेक

जैसा ऊपर बताया गया है, सोने से पहले गैजेट्स को दूर रखिए या कम से कम ब्लू लाइट कम करने वाले ऐप्स यूज़ कीजिए। फोन पर स्क्रॉल करते रहना, फेसबुक चेक करना या 20 मज़ेदार बिल्ली की तस्वीरें देखना—ये सब आपको देर तक जगा सकता है। कई बार हमारी विलपावर कमज़ोर पड़ जाती है और फोन छोड़ना मुश्किल हो जाता है (कैंफ़होर्स्ट, नट्स एंड डी रिडर एंड एंटरसन 2018, *टू डिप्लेटेड टू टर्न इन : द रेलिवेंस ऑफ इंड ऑफ द डे रिसोर्स डिप्लीशन फॉर रिड्यूशिंग बेडटाइम प्रोक्रैसेटिनेशन*)।

बेहतर है कि ऐसे उपाय अपनाएँ जो अच्छे और स्वस्थ विकल्पों को बढ़ावा दें, जैसे ऐप्स इंस्टॉल करना जो आपको सोने की याद दिलाएँ या कनेक्शन बंद कर दें, ताकि आपको थके हुए दिमाग से फैसला न लेना पड़े।

कुछ लोगों को ये विचार पसंद नहीं आता। उन्हें लगता है कि बिस्तर पर जाने से पहले ही उन्हें आराम करने का मौका मिलता है। अगर आप भी ऐसा सोचते हैं, तो पहले कुछ खाली समय निकालने की कोशिश करें। दिन में ऐसी जगहें ढूँढ़ें जहां आप सोने को कम महत्त्व दिए बिना आराम कर सकें।

ऐप्स और प्रोग्राम आपके इंटरनेट कनेक्शन को बंद कर सकते हैं या डिवाइस को अपने आप बंद कर सकते हैं ताकि स्क्रॉलिंग रोकना आसान हो। अगर आपको लगता है कि ये आपके दिन का अहम हिस्सा है, तो अपने फैसलों पर गौर करें।

सोने से पहले ऐसी आदतें बनाना फायदेमंद है जिनमें टेक्नोलॉजी शामिल न हो और उसकी उत्तेजना से ब्रेक मिले। किताब पढ़ना या दूसरी शांत गतिविधियाँ आपको आसानी से नींद लाने में मदद कर सकती हैं, बशर्ते आप उनमें पूरी तरह खोने वाले न हों।

ऐसे ऐप्स से सावधान रहें जिनमें अनंत स्क्रॉलिंग हो, जैसे टिकटॉक, इंस्टाग्राम, और फेसबुक, जहां बिना रुके कंटेंट ब्राउज किया जा सकता है। इन ऐप्स को अपनी नींद छीनने न दें।

इन चीज़ों को बेडरूम से बाहर रखो

कई सख्त किस्म के रिसर्चर्स कहते हैं कि बेडरूम या कम से कम बेड, सिर्फ़ सोने के लिए होना चाहिए (वॉकर, 2018, *व्हाय वी स्लीप*)। बेड पर खाना, फ़िल्म देखना या काम करना अवॉइड कीजिए। इससे दिमाग बेड को सिर्फ़ नींद से जोड़ेगा।

अगर हो सके, तो फोन, टीवी और दूसरी डिवाइसेज़ को बेडरूम से बाहर रखिए या कम से कम बेड से दूर रखिए। कुछ भी जो ब्लिंक करता हो या रोशनी देता हो, उसे अपने पास से हटाइए। शोर करने वाली चीज़ें भी बाहर कीजिए।

अगर आपका वर्कस्पेस बेडरूम में है, तो बेड से दूर डेस्क सेट कीजिए। काम की चीज़ें बेड के पास मत रखिए, वरना स्ट्रेस होगा।

हमने आराम के लिए अंधेरे की अहमियत बताई है, इसलिए बेहतर है कि हर वो चीज जो चमकती या रोशनी देती हो, उसे हटा दें। शोर करने वाले उपकरणों से भी बचें।

अगर आप अपने आराम और काम की जगह को अलग कर सकते हैं, तो एक अलग ऑफिस रखना अच्छा विचार है। हर किसी के पास घर में वर्कस्पेस नहीं हो सकता, लेकिन अगर ज़रूरत है, तो इसे बिस्तर से दूर ले जाएँ और डेस्क या बेडरूम के किसी दूसरे हिस्से को इसके लिए तैयार करें। अपने काम को भी बिस्तर से दूर रखें, ताकि उसका तनाव या ख्याल न आए। अपने बेडरूम को पूरी तरह आराम की जगह बनाएँ।

अपने बेडरूम में वो चीजें लाएँ जो आपको सुकून दें, जैसे मोमबत्तियाँ, तकिए, पढ़ने की किताब, पानी वगैरह। एक आरामदायक, सुकूनदायक बेडरूम आपके विश्राम के लिए बेहतर है, और ये ऐसी जगह होनी चाहिए जहां आप सहज महसूस करें। अपनी पसंद के हिसाब से इसे कम से कम सामान वाला रखें या ऐसी चीजें रखें जो सुखद हों और अच्छी भावनाओं से जुड़ी हों।

एक विवादास्पद विषय है कि अकेले सोना बेहतर है या पार्टनर के साथ। इस पर मिले-जुले सबूत हैं, इसलिए विचार करें कि आप कब ज्यादा तरोताजा महसूस करते हैं (रिच्टर एट अल., 2018, टू इन अ बेड : द इन्फ्लुएंस ऑफ कपल स्लीपिंग एंड क्रोनोटाइप्स ऑन रिलेशनशिप एंड स्लीप। एन ओवरव्यू)। कुछ जोड़े अपनी अलग-अलग ज़रूरतों के कारण अलग सोना पसंद करते हैं और पाते हैं कि इससे नींद की गुणवत्ता बहुत बेहतर होती है, जबकि कुछ को एक साथ सोने की अंतरंगता ज्यादा पसंद आती है। अपने पार्टनर के साथ सोने के तरीके पर बात करना और यह देखना ज़रूरी है कि दोनों को अच्छी नींद मिले। सीमाएँ तय करने से न डरें।

संक्षेप में

- रात को कमरा अंधेरा रखिए, छोटी रोशनी भी अवॉइड कीजिए।
- सुबह और दिन में नैचुरल लाइट लीजिए, लेकिन रात को इससे बचिए।
- सोने से पहले लाइट्स धीमी कीजिए, गैजेट्स से दूर रहिए।

- कमरा ठंडा और डिस्ट्रैक्शन-फ्री रखिए।
- पार्टनर के साथ नींद की ज़रूरतों पर खुलकर बात कीजिए।

दिन के उजाले का महत्त्व

इंसान के इतिहास में ज्यादातर समय, हमारी सर्कैडियन लय दिन के उजाले से निर्देशित होती थी। जानवरों और पौधों की तरह, हम दिन-रात के चक्र के अनुसार चलते थे, अंधेरा होने पर सोते और उजाला होने पर जागते थे। लेकिन, कृत्रिम रोशनी ने इसे बदल दिया। अगर हम चाहें, तो हमारे शरीर के लिए दिन कभी खत्म न हो, कम से कम ऐसा लग सकता है।

हालांकि कृत्रिम रोशनी काफी समय से मौजूद है, फिर भी हमारा शरीर रोशनी को यह तय करने के लिए संकेत के रूप में इस्तेमाल करता है कि जागने का समय है या सोने का। रोशनी की जानकारी मुख्य रूप से आंखों के जरिए मिलती है, और हमारा शरीर इस डेटा के आधार पर हार्मोन और न्यूरोट्रांसमीटर का उत्पादन करता है। सुबह और दिन में सूरज की रोशनी के संपर्क में रहना रात की नींद को बेहतर बनाने का अच्छा उपाय है (फिगुएरो एट अल., 2017, द *इम्पैक्ट ऑफ डेटाइम लाइट एक्सपोजर्स ऑन स्लीप एंड मूड इन ऑफिस वर्कर्स*)।

सुबह और दिन में रोशनी का संपर्क हमारे शरीर को दिन के दौरान सेरोटोनिन स्तर को नियंत्रित करने और रात में मेलाटोनिन उत्पादन को बेहतर बनाने में मदद करता है। हार्मोन उत्पादन को शरीर के प्राकृतिक चक्र के साथ तालमेल बिठाने के लिए हमें दिन के उजाले की ज़रूरत होती है। सेरोटोनिन का उत्पादन दिन भर होता है और शाम को कम हो जाता है, जब हमारा शरीर मेलाटोनिन छोड़ता है। सेरोटोनिन पर्याप्त मेलाटोनिन उत्पादन से भी जुड़ा है। इसका मतलब है कि सूरज की रोशनी रात की नींद की गुणवत्ता से जुड़ी है (फिगुएरो एट अल., 2017, द *इम्पैक्ट ऑफ डेटाइम लाइट एक्सपोजर्स ऑन स्लीप एंड मूड इन ऑफिस वर्कर्स*)।

कॉर्टिसोल एक और हार्मोन है जो शरीर के प्राकृतिक चक्र के बाहर आने पर नींद में बाधा डाल सकता है। हमें सुबह में कॉर्टिसोल का स्तर चरम पर चाहिए, लेकिन शाम को नहीं, जो सूरज की रोशनी के संपर्क से नियंत्रित होता है।

इसका व्यावहारिक मतलब क्या है? हमें सुबह और दिन के दौरान सूरज की रोशनी का संपर्क बढ़ाना चाहिए। जागने के बाद जितनी जल्दी हो सके सूरज की रोशनी लें। दिन में बाहर टहलें और सूरज की रोशनी में रहें। सुनिश्चित करें कि आपकी आंखें रोशनी के संपर्क में हों—फिल्टर, सनग्लासेज या किसी भी तरह के चश्मे से सावधान रहें जो रोशनी को छान सकें। सुबह और दिन में अपने चेहरे पर रोशनी पड़ने दें और कुछ धूप लें।

अगर बाहर बादल छाए हों तो क्या? कोई फर्क नहीं पड़ता—सूरज की रोशनी फिर भी मौजूद है, इसलिए आपको कोशिश करनी चाहिए कि थोड़ा संपर्क हो, भले ही दिन चमकीला न दिखे। रोशनी बादलों के जरिए आती है, भले ही ऐसा न लगे।

हालांकि, कुछ लोगों की स्थिति ज्यादा मुश्किल होती है। अगर आप ऐसी जगह रहते हैं जहां दिन का उजाला कम है, खासकर सर्दियों में जब सूरज जल्दी डूब जाता है, तो आप सुबह अंधेरे में घर से निकलते हैं और काम के बाद अंधेरे में लौटते हैं। तब क्या करें? अगर मुमकिन हो, तो दोपहर के खाने के समय कार्यस्थल से बाहर निकलकर थोड़ी धूप लें। अगर ये संभव न हो या काफी न हो, तो दूसरे विकल्प देखें। कुछ खास लैंप और बॉक्स होते हैं, जो मौसमी अवसाद (जो सूरज की रोशनी की कमी से जुड़ा है) के इलाज के लिए इस्तेमाल होते हैं और दिन के उजाले की नकल करते हैं।

सुबह और दिन में रोशनी लें! इससे आपको रात में बेहतर नींद आएगी।

लाइफस्टाइल चेंजेस

पर्यावरणीय बदलाव आपके नींद के शेड्यूल को बनाए रखने में मदद कर

सकते हैं और यह सुनिश्चित करते हैं कि आपके और अच्छी नींद के बीच कोई रुकावट न आए। लेकिन कभी-कभी जीवनशैली में बदलाव जोड़ना भी फायदेमंद होता है, खासकर अगर आपको लगता है कि कैफीन या शराब जैसे कुछ कारक आपकी नींद की गुणवत्ता पर गहरा असर डालते हैं।

खाना और सप्लीमेंट्स

कुछ खाद्य पदार्थ नींद की गुणवत्ता पर असर डालते हैं। चेरी, दूध, कीवी, फैटी मछली जैसे खाद्य पदार्थ दिन में खाने पर भी बेहतर नींद को बढ़ावा देते हैं, लेकिन इसके निष्कर्ष अभी प्रारंभिक हैं (सेंट-ऑन्ज, मिटिक, और पिएट्रोलुंगो, 2016, *इफेक्ट्स ऑफ डाइट ऑन स्लीप क्वालिटी*)।

नींद में खलल डालने वाले कारकों के प्रभाव कुछ हद तक स्पष्ट हैं। कैफीन और इससे बनने वाले पेय—खासकर कॉफी, ब्लैक टी, और चॉकलेट—उपभोग के 12 घंटे बाद तक नींद को प्रभावित कर सकते हैं। सलाह दी जाती है कि सोने से कम से कम 6 घंटे पहले कॉफी से परहेज करें और अगर आपको नींद आने में दिक्कत हो तो दोपहर के बाद इसे न लें। शराब लोगों को नींद में डाल सकती है, लेकिन वास्तव में ये हमारे प्राकृतिक नींद चक्र को बाधित करती है, इसलिए इसे नींद लाने के लिए इस्तेमाल करना अच्छा विचार नहीं है।

कुछ सप्लीमेंट्स को नींद के सहायक के रूप में पेश किया जाता है, लेकिन कई के पास कोई सबूत नहीं है। ओमेगा-3, फैटी मछली की तरह, मदद कर सकता है, लेकिन बड़े-बड़े वादे करने वाले सहायकों के प्रति सतर्क रहना ज़रूरी है। नींद की दवाओं के मामले में, खासकर, बिना डॉक्टर की निगरानी के कुछ भी नहीं लेना चाहिए, यहां तक कि मेलाटोनिन जैसे ओवर-द-काउंटर उत्पाद भी। इनमें से कुछ दवाओं के लंबे समय तक अप्रत्याशित परिणाम हो सकते हैं।

कुछ आहार बदलाव आपकी नींद को बेहतर कर सकते हैं, लेकिन ये सहायक बदलाव हैं, मुख्य नहीं। सप्लीमेंट्स और दवाओं से सावधान रहें, और इन्हें सतर्कता व डॉक्टर की निगरानी में लें।

एक्सरसाइज़

दिन में व्यायाम करने से रात की नींद बेहतर हो सकती है। दिन में गतिविधि बढ़ाने से रात को बेहतर नींद आ सकती है, और व्यायाम को नींद की गड़बड़ी के लिए एक संभावित उपचार के रूप में भी प्रस्तावित किया गया है। नींद और व्यायाम का आपसी रिश्ता है, क्योंकि व्यायाम नींद को बेहतर करता है और नींद लोगों के लिए सक्रिय रहना आसान बनाती है (क्लाइन, 2014, द *बायडायरेक्शनल रिलेशनशिप बिटवीन एक्सरसाइज एंड स्लीप : इम्प्लिकेशन्स फॉर एक्सरसाइज एडहिरन्स एंड स्लीप इम्प्रूवमेंट)*। सबसे ज्यादा फायदा पाने के लिए, व्यायाम सत्र को सुबह और दिन के पहले हिस्से में करें। सोने से तीन घंटे पहले व्यायाम से बचें, क्योंकि ये आपकी नींद में बाधा डाल सकता है।

तनाव और आराम

तनाव भी नींद में बाधा डाल सकता है, जिससे गहरी नींद और REM नींद कम हो जाती है, जो हमें सबसे ज्यादा आराम और फायदा देती हैं (किम और डिम्सडेल, 2007, द *इफेक्ट ऑफ साइकोसोशल स्ट्रेस ऑन स्लीप : अ रिव्यू ऑफ पॉलीसोम्नोग्राफिक एविडेंस)*।

तनाव कम करना और ध्यान या रिलैक्सेशन जैसी चीजों का अभ्यास करना हमारी नींद की गुणवत्ता को बेहतर कर सकता है।

सोने से पहले ऐसी चीजें करें जो आपको सुकून दें : किताब पढ़ना, गर्म पानी से नहाना, कोई शांत शौक, ड्राइंग, जर्नलिंग आदि। बिस्तर पर लेटकर चिंता न करें। अगर नींद न आए, तो उठें और कुछ शांत काम करें। जब नींद आने लगे, तब वापस बिस्तर पर जाएँ।

नैप्स

झपकी लेना भी एक विवादास्पद मुद्दा है। जिन लोगों को नींद की कोई समस्या नहीं है, उनके लिए झपकी मूड और संज्ञानात्मक क्षमता के लिए काफी फायदेमंद लगती है और उन दिनों में लाभकारी हो सकती है जब व्यक्ति को पर्याप्त आराम नहीं मिला हो (मिलनेट और कोट, 2009, *बेनिफिट्स ऑफ नैपिंग इन हेल्दी एडल्ट्स : इम्पैक्ट ऑफ नैप लेंथ, टाइम ऑफ डे, एज, एंड एक्सपीरियंस विद नैपिंग*)। हालांकि, जो लोग पहली बार नींद का शेड्यूल बना रहे हैं या रात में नींद आने में दिक्कत झेल रहे हैं, उन्हें दिन में झपकी लेने से बचना चाहिए।

झपकी रात में नींद आने में बाधा डाल सकती है। अगर आपको इसमें समस्या है या आप अपने शेड्यूल का पालन करने की कोशिश कर रहे हैं, तो दिन में झपकी लेने के बजाय जागते रहना बेहतर है। लेकिन, अगर आपका नींद का शेड्यूल मजबूत है, तो झपकी उन दिनों के लिए आनंददायक और सहायक हो सकती है जब आपको पर्याप्त आराम नहीं मिला हो।

विंड-डाउन रुटीन बनाओ

हर माता-पिता आपको बताएँगे कि बच्चों के लिए सोने से पहले की दिनचर्या बहुत ज़रूरी है ताकि वे शांत होकर बिना विरोध के सो सकें। लेकिन ऐसी दिनचर्या वयस्कों के लिए भी बहुत अच्छी हो सकती है और आपकी नींद की गुणवत्ता को बेहतर करने में मदद कर सकती है।

आप सोने से पहले अपनी खुद की दिनचर्या बना सकते हैं, जिसके कई फायदे हैं। इससे आपको नींद आने में आसानी हो सकती है और हर दिन स्थिर नींद की गुणवत्ता बनाए रखने में मदद मिलती है, क्योंकि सोने से पहले का एक रस्मनुमा रूटीन आपको हर रात एक ही समय पर शांत होने में सहायता करता है।

रात की दिनचर्या कुछ आरामदायक गतिविधियों से शुरू हो सकती है। आपको ऐसी किसी भी चीज से बचना चाहिए जो बहुत ज्यादा उत्तेजक हो और शांत चीजों पर ध्यान देना चाहिए, जैसे किताब पढ़ना, ध्यान करना, जर्नलिंग या लेखन, या परिवार से बात करना। ऐसी गतिविधियाँ ढूँढ़ें जो आपको सबसे ज्यादा सुकून दें और आपको शांत व सोने के लिए तैयार महसूस कराएँ। सैकड़ों ऐप्स और संसाधन हैं जो आपको शांत करने में मदद करने के लिए बनाए गए हैं, जैसे ऐप्स जो आरामदायक कहानियाँ, ध्यान, संगीत, प्रकृति की ध्वनियाँ या व्हाइट नॉइज़ प्रदान करते हैं। आप बेहतर नींद के लिए बने पॉडकास्ट, प्लेलिस्ट, और ऐप्स भी ढूँढ़ सकते हैं।

सोने से पहले गर्म पानी से नहाना एक शानदार गतिविधि है, क्योंकि ये बहुत आरामदायक है और आपके शरीर को ठंडा करने में भी मदद करता है, जिससे नींद आना आसान हो जाता है।

शाम को लाइट्स को मंद करना सुनिश्चित करें। सोने से पहले एक और अच्छी रणनीति है कि हर उस विचार को लिख लें जो आपको जगा सकता है। जब आप इन्हें कागज पर उतारते हैं, तो अपने विचारों से अलग होना आसान हो जाता है, खासकर अगर आप चिंता करने के आदी हैं।

कुछ छोटे हैक्स पर्यावरण में फर्क ला सकते हैं। मिसाल के तौर पर, कमरे को हवादार करने के लिए खिड़की खोलें और अपने तकिए व पजामे तैयार रखें। अगर आपके पास ब्लैकआउट पर्दे नहीं हैं, तो सोने के लिए मास्क का इस्तेमाल नींद की गुणवत्ता बढ़ाने में मदद कर सकता है। मास्क पहनना जागने वाली दुनिया से खुद को अलग करने और सोने के लिए पूरी तरह तैयार होने का अच्छा तरीका है।

कुछ दिन नींद बस नहीं आती। कोई बात नहीं। इस बारे में ज्यादा तनाव न लें और ऐसी स्थिति से बचें जहां आप घंटों करवटें बदलते रहें। इसके बजाय, अगर आप थोड़ी देर से बिस्तर पर हैं, तो उठें और मंद रोशनी में अपनी पसंद की कोई आरामदायक गतिविधि करें जब तक आपको नींद न आने लगे।

एक स्थापित सोने से पहले का रस्मनुमा रूटीन आपके शरीर को नींद के लिए तैयार करने और मेलाटोनिन जैसे ज़रूरी हार्मोन छोड़ने में मदद कर सकता है।

रस्में हर रात एक ही समय पर सोने की आदत बनाती हैं, और अगर आप इसे हफ्ते के हर दिन दोहरा सकें, तो देर रात तक शो देखने या सोने में टालमटोल करने की संभावना कम हो जाती है।

वेक-अप रुटीन

अगर हम सावधान न रहें तो सुबह में, नींद का समयबद्ध कार्यक्रम बनाए रखने के हमारे सभी अच्छे इरादे बेकार हो सकते हैं। कुछ मिनट और सोने की इच्छा को, जो लंबे समय तक चल सकती है, रोकने का एक अच्छा तरीका है एक सुखद और प्रभावी सुबह की दिनचर्या स्थापित करना।

सुबह की दिनचर्या वही काम करती है जो रात की दिनचर्या; यह आपके शरीर को दिन के लिए तैयार करती है और आपको नियमित नींद का कार्यक्रम बनाए रखने की आदत डालने में मदद करती है, खासकर उन दिनों में जब आपको काम पर नहीं जाना होता।

सुबह की दिनचर्या को सबसे पहले ढेर सारी रोशनी से फायदा होता है। प्राकृतिक रोशनी आपके शरीर को जगा सकती है। अगर आप प्राकृतिक रोशनी नहीं देख सकते, तो घर में लैंप जलाना भी काम कर सकता है। ये सुनिश्चित कीजिए कि जागने पर आपको खूब रोशनी मिले।

एक अच्छा विचार है सुबह के लिए कोई सुखद गतिविधि तय करना। चाहे वह व्यायाम हो, ध्यान, स्वादिष्ट नाश्ता या पढ़ने, लिखने या रचनात्मक कार्य में समय बिताना, एक मजेदार गतिविधि आपको बिस्तर से उठने के लिए प्रेरित कर सकती है।

गर्म और ठंडे पानी से नहाना भी आपको जगाने और तरोताजा महसूस कराने में मदद कर सकता है। आप साँस लेने के व्यायाम, ध्यान,

और छोटे-मोटे आसान व्यायाम आजमा सकते हैं, जो रक्त संचार को बढ़ाते हैं।

सुबहें मुश्किल हो सकती हैं। अगर आप जागने पर हमेशा थकान महसूस करते हैं, जैसे कि आपने सोया ही नहीं, तो संभवतः आपको पर्याप्त आराम नहीं मिल रहा या आपकी नींद की गुणवत्ता पर कुछ असर डाल रहा है, खासकर अगर आप 8 घंटे सोने के बावजूद अगले दिन सुस्त महसूस करते हैं। एक दिनचर्या आपके शरीर को अधिक कोमल और सुखद तरीके से जागृत करने में मदद कर सकती है और यह सुनिश्चित करती है कि आपका जैविक घड़ी (बायोलॉजिकल क्लॉक) यह जाने कि सुबह हो चुकी है और अब सतर्क रहने व दिन शुरू करने का समय है।

अगर आप जल्दी उठते हैं, तो रात में सोना आसान हो जाता है। हालाँकि आपको हमेशा असहज रूप से जल्दी उठने के लिए खुद को मजबूर नहीं करना चाहिए, लेकिन अपने लिए सबसे अच्छा जागने का समय ढूँढ़ने की कोशिश करें और इस समय को उतना ही नियमित रखें जितना सोने का समय।

जब आप अपनी नींद को बायोहैकिंग (जैविक रूप से बेहतर बनाने) की कोशिश कर रहे हैं, तो सिद्ध और आजमाए हुए तरीकों पर टिके रहना सबसे अच्छा है, भले ही वे नींद की ज़रूरत को पूरी तरह बदल देने के वादों जितने रोमांचक न हों। चूँकि आपके शरीर के लिए आराम बहुत महत्त्वपूर्ण है, इसलिए इसके साथ छेड़छाड़ सावधानी से करनी चाहिए, क्योंकि अनिद्रा जैसी समस्याएँ न केवल अनुभव करने में अप्रिय हो सकती हैं, बल्कि पूरी तरह से खतरनाक भी हो सकती हैं। इस अंतिम हिस्से में, हम नींद से जुड़े उन मिथकों और विचारों पर नज़र डालेंगे जिनसे बचना चाहिए।

क्या आप दिन में चार घंटे या उससे कम सो सकते हैं?

नहीं। अधिकांश वयस्कों को, कुछ अपवादस्वरूप लोगों को छोड़कर जो आनुवंशिक रूप से कम नींद में काम चला लेते हैं, कम से कम 7 घंटे की

नींद की आवश्यकता होती है, और कुछ को इससे भी अधिक। हालांकि, ऑनलाइन एक प्रचलित मिथक है कि आप अपने शरीर को केवल चार घंटे की नींद में ढाल सकते हैं या अपनी दिनचर्या बदलकर इन घंटों को दिन और रात में बाँट सकते हैं।

नींद के बारे में हम जो जानते हैं, वह इस विचार के अनुरूप नहीं है। आप अपने शरीर की नींद की आवश्यकता को बदल नहीं सकते; एकमात्र तरीका है नींद की गुणवत्ता को बेहतर करने की कोशिश करना। केवल चार घंटे की नींद लेना हानिकारक है और यह नींद की आवश्यकता को नहीं बदलता। इसके सभी नकारात्मक प्रभाव, जिनके बारे में हमने चर्चा की है, होते हैं और यह गंभीर स्वास्थ्य समस्याओं को जन्म दे सकता है। अगर आपको अधिक नींद की ज़रूरत है, तो आप खुद को कम नींद की आदत नहीं डाल सकते।

याद रखें कि नींद की कमी के प्रभावों की आदत पड़ना और इसे सामान्य मान लेना संभव है, लेकिन इसका मतलब यह नहीं कि यह लंबे समय में अच्छा विचार है। हालाँकि जीवन में कभी-कभी सख्त समयबद्ध कार्यक्रम रखना मुश्किल होता है, लेकिन आपके लिए उपयुक्त समयबद्ध कार्यक्रम ढूँढ़ने की कोशिश करना बेहतर समाधान है।

क्या मैं झपकी लेकर अपनी नींद की कमी को पूरा कर सकता हूँ?

झपकी नींद की कमी से होने वाली थकान को कम करने में मदद कर सकती है, लेकिन नींद को टुकड़ों में बाँटना लंबे समय तक की रणनीति के रूप में काम नहीं करता। हमारी नींद चक्रीय होती है, और हमारे शरीर को प्रत्येक चक्र को अनुभव करने के लिए समय चाहिए। रात में जितना संभव हो उतनी नींद लेने की कोशिश करना बेहतर है। झपकियाँ सहायक हो सकती हैं, लेकिन नियमित रूप से होने वाली नींद की कमी का समाधान नहीं हैं। सामान्य तौर पर, यह सुझाव दिया जाता है कि सबसे अच्छी झपकियाँ

15 से 45 मिनट के बीच की हों, ताकि आप तरोताज़ा महसूस करें, सुस्त नहीं।

क्या मैं सप्ताहांत में देर तक सोकर अपनी नींद की कमी को पूरा कर सकता हूँ?

अगर आप शायद ही कभी नींद की कमी का सामना करते हैं, तो सप्ताहांत में देर तक सो सकते हैं। लेकिन सामान्य तौर पर, यह लंबे समय तक की प्रभावी रणनीति नहीं है। आप एक सप्ताह की खराब नींद की भरपाई एक दिन में अधिक घंटे सोकर नहीं कर सकते। हर दिन, यहाँ तक कि सप्ताहांत पर भी, एक नियमित समयबद्ध कार्यक्रम बनाए रखने की कोशिश करना अच्छा विचार है, क्योंकि सोने और जागने के समय में बदलाव आपके जैविक घड़ी (बायोलॉजिकल क्लॉक) और सर्कैडियन रिदम को वास्तव में बिगाड़ सकता है।

नींद की गोलियाँ

नींद की गोलियाँ कई उपयोगी कार्य करती हैं। चिकित्सकीय देखरेख में, ये आपके नींद के समयबद्ध कार्यक्रम को सामान्य करने, कठिन समय से गुजरने या अनिद्रा जैसे लक्षणों और समस्याओं को बेहतर करने में मदद कर सकती हैं। हालांकि, नींद की गोलियाँ हर समस्या का समाधान नहीं हैं, इसके कई कारण हैं। कुछ प्रकार की गोलियाँ, अगर बिना संयम के उपयोग की जाएँ, तो व्यक्ति के लिए उनके बिना सोना मुश्किल हो सकता है। अन्य प्रकार की गोलियाँ अवशिष्ट प्रभाव पैदा कर सकती हैं, जैसे संज्ञानात्मक कमजोरी, समन्वय की कमी, चक्कर आना, और भी बहुत कुछ, जो दैनिक जीवन में बाधा डाल सकते हैं (फिट्जगेराल्ड और विएट्री, 2015, *रेजिडुअल इफेक्ट्स ऑफ स्लीप मेडिकेशन्स आर कॉमनली रिपोर्टेड एंड एसोसिएटेड विद एम्पेयर्ड पेशेंट रिपोर्टेड आउटकम्स अमोंग इंसोम्निया*

पेशेंट्स इन द यूनाइटेड स्टेट्स)। नींद की गोलियाँ, यहाँ तक कि बिना पर्ची के मिलने वाली दवाएँ जैसे मेलाटोनिन, को सावधानी से और किसी विशेषज्ञ की मदद व देखरेख में उपयोग करना चाहिए ताकि नकारात्मक प्रभाव न्यूनतम रहें।

कुछ मामलों में, गोलियाँ महत्त्वपूर्ण और उपयोगी होती हैं। लेकिन बिना दवा वाली रणनीतियाँ अधिक टिकाऊ हो सकती हैं और इनके दुष्प्रभाव कम होते हैं।

खारिज किए गए नुस्खे

कुछ सुझाव और विचार व्यापक रूप से प्रसारित होते हैं या सामान्य ज्ञान के रूप में साझा किए जाते हैं, जबकि वे सत्य नहीं होते। बेहतर रात की नींद के लिए मिथकों का उपयोग करना एक बुरा विचार हो सकता है।

एक आम और गलत धारणा यह है कि शराब आपको आराम करने में मदद करती है। हालाँकि यह आपको नींद में डाल सकती है, लेकिन यह गहरी और पुनर्जनन करने वाली नींद को रोकती है, जिससे आप अगले दिन थका हुआ महसूस करते हैं।

एक और मिथक यह धारणा है कि आठ घंटे की नींद ही मायने रखती है। सबसे पहले, ऐसा प्रतीत होता है कि हमें इन घंटों को लगातार लेने की आवश्यकता है; दिन में झपकी रात की नींद की कमी को पूरा नहीं कर सकती। इसके अलावा, हम दिन में उतना अच्छा आराम नहीं कर पाते, और ऐसा लगता है कि रात में जागते रहने से हमारा शरीर प्रभावित होता है, जैसा कि शिफ्ट में काम करने वालों की समस्याओं से पता चलता है। रात में या मुख्य रूप से रात में सोना हमें हमारे शरीर के सर्कैडियन रिदम के साथ तालमेल बनाए रखने में मदद करता है। आप झपकी लेकर या दिन में नींद पूरी करके खोई हुई नींद की भरपाई नहीं कर सकते। आप खुद को रात भर न सोने के लिए प्रशिक्षित भी नहीं कर सकते (रॉबिन्स एट अल., 2019,

स्लीप मिथ्स : एन एक्सपर्ट-लेड स्टडी टु आइडेटिफाई फाल्स बीलिफ्स अबाउट स्लीप दैट इंपिंग अपन पॉपुलेशन स्पील हेल्थ प्रैक्टिसेज)।

सप्ताहांत में देर तक सोना भी नींद को पटरी पर लाने की एक असफल रणनीति है। हालाँकि इसे लागू करना मुश्किल हो सकता है, विशेषज्ञ पूरे सप्ताह एक नियमित समयबद्ध कार्यक्रम बनाए रखने की सलाह देते हैं, न कि देर तक सोने की (रॉबिन्स एट अल., 2019, *स्लीप मिथ्स : एन एक्सपर्ट-लेड स्टडी टु आइडेटिफाई फाल्स बीलिफ्स अबाउट स्लीप दैट इंपिंग अपन पॉपुलेशन स्पील हेल्थ प्रैक्टिसेज)*।

यह भी ध्यान देने योग्य है कि थकान के दौरान जागते रहने के लिए हम जो कई तरकीबें अपनाते हैं, वे उतनी प्रभावी नहीं होतीं। यह खास तौर पर तब ध्यान रखना चाहिए जब आपको गाड़ी चलानी हो। ठंडा पानी, ताज़ा हवा या रेडियो की तेज़ आवाज़ ज्यादा मदद नहीं करती और माइक्रोस्लीप को रोक नहीं सकती, जो कई बिना नींद की रातों के प्रभाव में गाड़ी चलाने का असली खतरा है।

एक और आम समस्या है स्नूज़ बटन। इसे दबाकर दोबारा सो जाना संतोषजनक लग सकता है, लेकिन यह खुद को और देर तक सोने देने से भी बदतर है, क्योंकि इससे नींद टुकड़ों में बँट जाती है, जो स्थिति को और खराब करती है।

कुल मिलाकर, "क्रांतिकारी" नींद के नुस्खों से सावधान रहें, क्योंकि वे आपके नींद के समयबद्ध कार्यक्रम को सुधारने से ज्यादा नुकसान पहुँचा सकते हैं। सोने और जागने के समय तय करना, व्यायाम, पर्यावरणीय बदलाव आदि के ज़रिए बायोहैकिंग निश्चित रूप से कम रोमांचक है, लेकिन यह सुनिश्चित करता है कि हमें वह परिणाम मिले जो हम चाहते हैं, बिना हमारे स्वास्थ्य को नुकसान पहुँचाए।

यह समझना कि नींद कैसे और क्यों काम करती है, हमें यह समझने में मदद कर सकता है कि हम रात में चार घंटे की नींद पर क्यों नहीं चल सकते

या हमारे शरीर को वास्तव में कम नींद में फलने-फूलने के लिए क्यों नहीं प्रशिक्षित किया जा सकता। हालाँकि हलचल भरी संस्कृति और सामाजिक माँगें उत्पादकता और अन्य लक्ष्यों के पक्ष में नींद को नजरअंदाज कर सकती हैं, लेकिन वास्तविकता यह है कि आराम के अलावा अन्य चीजों को प्राथमिकता देना शारीरिक और भावनात्मक रूप से हमें नुकसान पहुँचाता है और अन्य काम करने की हमारी क्षमता को, खास तौर पर उन्हें अच्छे से करने की क्षमता को, कमज़ोर करता है।

निरंतर नींद की कमी की स्थिति में जीना न केवल हानिकारक है, बल्कि सक्रिय रूप से अप्रिय और कठिन भी है, भले ही हम इसे अपनी दिनचर्या का हिस्सा मान लें। नींद सब कुछ बदल देती है और हमारे जीवन को अप्रत्याशित तरीकों से बेहतर बनाती है, कई सकारात्मक प्रभावों के साथ हर क्षेत्र में काम करती है।

सारांश

- कम-से-कम इष्टतम नींद की दिनचर्या को बेहतर करने के कई तरीके हैं।
- पर्यावरणीय बदलावों में आपके शरीर की प्राकृतिक प्रकाश-चालित लय के साथ काम करना शामिल है; जैसे, जागने पर प्राकृतिक प्रकाश का संपर्क और सामान्य सर्केडियन रिदम को बढ़ाने या बाधित करने के लिए कृत्रिम प्रकाश से बचना। आदर्श सोने का वातावरण सही तापमान वाला, शोर या चमकदार गैजेट्स से अपेक्षाकृत मुक्त होना चाहिए, जो नींद को बाधित कर सकते हैं या तनाव व ध्यान भटकाने का स्रोत बन सकते हैं।
- अपने बिस्तर में सोने के अलावा कुछ न करें, ताकि आपका मस्तिष्क सही संबंध बना सके। बिस्तर में टीवी न देखें, काम न करें

या सोशल मीडिया न ब्राउज़ करें; अगर नींद न आए तो बिस्तर से बाहर निकलें ताकि आप उस वातावरण को अनिद्रा से न जोड़ें।

- जीवनशैली में बदलावों में नींद के लिए अनुकूल आहार और व्यायाम शामिल हैं; उदाहरण के लिए, सोने से पहले कॉफी, शराब या ज़ोरदार व्यायाम से बचना। दिन भर विश्राम तकनीकों का अभ्यास करें, लेकिन सोने से पहले एक दैनिक "शांत होने" की दिनचर्या भी अपनाएँ। इसी तरह, जागने की दिनचर्या भी एक स्वस्थ दैनिक रस्म हो सकती है। झपकियाँ ठीक हो सकती हैं, लेकिन ये हर किसी के लिए काम नहीं करतीं। अगर ये आपकी सामान्य नींद की समय-सारिणी को बाधित करती हैं, तो इनसे बचें।
- नींद के स्वास्थ्य के बारे में स्वयं को शिक्षित करें और लोकप्रिय मिथकों को भूल जाएँ, जैसे कि यह विचार कि आप चार घंटे की नींद पर बिना किसी नुकसान के काम कर सकते हैं। यद्यपि व्यक्तिगत अंतर होते हैं, अधिकांश लोगों को लगभग 7 से 8 घंटे की नींद की आवश्यकता होती है। आप "नींद के कर्ज" को झपकी या सप्ताहांत में अतिरिक्त नींद से पूरा नहीं कर सकते—इसके बजाय, जितनी जल्दी हो सके अपनी स्वस्थ दिनचर्या में वापस लौटें। उपाय हमेशा दिनचर्या में तुरंत वापस आना है, न कि "पकड़ने" की कोशिश करना।
- नींद की गोलियाँ कभी-कभार और अस्थायी समाधान हो सकती हैं, लेकिन इनसे बचना सबसे अच्छा है क्योंकि इनके कई नकारात्मक, अवशिष्ट प्रभाव होते हैं। अधिकांश नींद के नुस्खे लंबे समय में हानिकारक हैं; इसके बजाय, सबसे अच्छी रणनीति एक अटल दिनचर्या है।

सारांश

अध्याय 1 : अपनी एकाग्रता को वापस लें

- डोपामाइन एक शक्तिशाली और जटिल न्यूरोट्रांसमीटर है, लेकिन आधुनिक दुनिया इसकी स्वस्थ और इष्टतम संतुलन को बिगाड़ सकती है। डोपामाइन हमें आनंद और पुरस्कार महसूस करने, प्रत्याशा और इच्छा का अनुभव करने, और नवीनता की खोज करने में सक्षम बनाता है। एक असंतुलित डोपामाइन प्रणाली हमारी प्रेरणा, आनंद अनुभव करने की क्षमता, आवेग नियंत्रण, मूड, एकाग्रता, ध्यान, आत्म-अनुशासन, और इच्छा आदि में उल्लेखनीय कमी ला सकती है।
- हालांकि, हम अपनी न्यूरोकेमिस्ट्री के दया पर नहीं हैं—मस्तिष्क प्लास्टिक (लचीला) है और अगर हमें इसके तंत्रों की जानकारी हो और हम इसे रणनीतिक रूप से समर्थन दें, तो इसे बदला जा सकता है।
- व्यवहार परिवर्तन को इतना कठिन बनाने का एक हिस्सा डोपामाइन की लत के रूप में देखा जा सकता है, और परिणामस्वरूप, एक "डोपामाइन डिटॉक्स" हमें जानकारी को संसाधित करने और प्रत्येक क्षण में कार्य करने के तरीके को अधिक नियंत्रित करने में मदद कर सकता है।
- अगर डोपामाइन इच्छाशक्ति का जैव रासायनिक प्रतिनिधि है, तो

इसे बायोहैक करना सीखने से हमें अधिक आत्म-नियंत्रण, आत्म-जागरूकता, और आत्म-नियमन विकसित करने में मदद मिलती है। हम डोपामाइन प्रणाली के माध्यम से अपने व्यवहार को बेहतर करने के लिए विभिन्न तकनीकों और विधियों का उपयोग कर सकते हैं।

- हम एक ऐसा वातावरण बना सकते हैं जो एकाग्रता और ध्यान का समर्थन करता हो; उदाहरण के लिए, स्मार्टफोन जैसे विकर्षणों को हटाकर। अपने व्यवहार को नियंत्रित करने के लिए ऐप्स या प्रोग्राम्स का उपयोग करें या अपने लक्ष्यों के प्रति जवाबदेह रखने के लिए दूसरों की मदद लें।
- चूक होना स्वाभाविक है, इसलिए खुद को दोष देने के बजाय करुणा का अभ्यास करें। अपनी गलतियों से सीखें और आगे बढ़ें, उन पर रुकने के बजाय। इसी तरह, छोटे-छोटे कदम उठाएँ और अपनी क्षमता से अधिक न लें। कुछ तकनीकें आपके लिए काम करेंगी, कुछ नहीं। थोड़ा प्रयोग करें।

अध्याय 2 : एक ऐसी डिटॉक्स जो सब खत्म कर दे

- हालाँकि डोपामाइन मस्तिष्क की रसायन प्रक्रिया का स्वाभाविक हिस्सा है, लेकिन इसकी अत्यधिक मात्रा नशे की प्रवृत्ति जैसी हो सकती है। इसलिए, डोपामाइन डिटॉक्स हमारे मस्तिष्क को इष्टतम स्तर पर रीसेट करने में मदद कर सकता है और हमें चुनौती, पुरस्कार, और नवीनता को नए, स्वस्थ तरीकों से अनुभव करने की अनुमति देता है।
- डिटॉक्स में उन "आसान" गतिविधियों को कम करना शामिल है जो कम प्रयास में डोपामाइन की तीव्र वृद्धि प्रदान करती हैं (जैसे – सोशल मीडिया, चीनी, शराब, खरीदारी या पोर्नोग्राफी) और

उनकी जगह ध्यान, व्यायाम, उपवास, शौक, पढ़ाई या खेल जैसी गतिविधियों को अपनाना।

- डिटॉक्स के दौरान ऊब, अभाव, निराशा या यहाँ तक कि गुस्सा महसूस करना सामान्य है, और यह इस बात का संकेत है कि यह शुद्धिकरण कितना आवश्यक है! फिर भी, असहजता के साथ डटे रहें, और आप धीरे-धीरे अपने आप को पुनर्संतुलित कर लेंगे। समय के साथ, आप अपने मस्तिष्क को त्वरित संतुष्टि और विकर्षण के बजाय उत्पादक, स्वस्थ, और क्रमिक सुखों व उपलब्धियों का आनंद लेने के लिए प्रशिक्षित करेंगे।
- अपनी ज़रूरतों के अनुसार 1, 3 या 7 दिन का डिटॉक्स चुनें, और अपने मस्तिष्क को पुनर्जनन करने के लिए काम करें। विचार करें कि आप अपने जीवन में किन व्यवहारों को रखना चाहते हैं और कौन से हानिकारक हैं। रोमांच और त्वरित संतुष्टि को कम करके, आप अपने जीवन के अधिक प्रामाणिक मूल्यों और इच्छाओं के बारे में गहराई से सोचने का अवसर पाते हैं।
- 7 दिन का डिटॉक्स बहुत प्रभावी हो सकता है, लेकिन इसके लिए पहले से कुछ रणनीतिक योजना की आवश्यकता होती है। माइंडफुलनेस और चिंतन के लिए ढेर सारे अवसर शामिल करें, ऊब की आशंका करके उसे स्वीकार करें और उसका विरोध न करें, और अपनी लालसाओं और उन लालसाओं को नकारने की प्रक्रिया पर ध्यान दें।
- अच्छी नींद की आदतें, पोषण, और व्यायाम आपके मस्तिष्क को पुनर्जनन करने का अभिन्न हिस्सा हैं। जागरूकता और विश्राम तकनीकों का उदारतापूर्वक उपयोग करें। लक्ष्य अभाव नहीं है, बल्कि सुख, क्रिया, और जागरूकता के साथ अपने संबंध को फिर से ढालना है। अंतिम लक्ष्य है अपने जीवन और अपनी सबसे बड़ी

इच्छाओं को सृजन करने पर सचेत नियंत्रण और प्रभुत्व हासिल करना।

अध्याय 3 : जीवन के लिए ईंधन

- हालाँकि पोषण विज्ञान निरंतर प्रगति और परिवर्तनशील है, हम जानते हैं कि अच्छा भोजन एक अच्छे जीवन के लिए आवश्यक है, और आदर्श मानव आहार मोटे तौर पर माइकल पोलन के पोषण नियम का पालन करता है : "वास्तविक भोजन खाएँ। ज्यादा नहीं। अधिकतर पौधे।"
- लचीलापन महत्त्वपूर्ण है : कठोर नियम टिकाऊ नहीं होते।
- वहाँ अनगिनत आहार दर्शन मौजूद हैं; उदाहरण के लिए, भूमध्यसागरीय आहार (पौधों पर आधारित और कम मांस, लेकिन जैतून के तेल और संयम पर जोर), ओकिनावन आहार (लीन समुद्री प्रोटीन, स्टार्चयुक्त पौधे, और अच्छे वसा), और कीटो आहार (कम कार्ब, उच्च प्रोटीन, और उच्च वसा वाले खाने पर जोर जो शरीर में कीटोजेनेसिस को प्रेरित करता है)।
- कोई एक भोजन चमत्कारी इलाज नहीं है, लेकिन कुछ "सुपरफूड्स" विशेष रूप से पौष्टिक होते हैं, जैसे ब्रोकली या ब्लूबेरी।
- पूरक (सप्लीमेंट्स) भी आहार को बढ़ावा दे सकते हैं, हालाँकि सभी पूरक समान नहीं होते, और कोई भी पूरक स्वस्थ आहार का स्थान नहीं ले सकता। चूँकि पूरक एफडीए द्वारा नियंत्रित नहीं होते, इसलिए आपको स्वयं शोध करना होगा। अपने आहार और जीवनशैली के अनुरूप पूरक उपयोग को अनुकूलित करना सबसे अच्छा है।
- प्रोबायोटिक्स और प्रीबायोटिक्स (जो मूल रूप से वह फाइबर है जिसे प्रोबायोटिक्स खाते हैं) के लाभकारी उपयोग के लिए बढ़ते प्रमाण हैं।

- प्रोबायोटिक्स शरीर के अत्यंत महत्त्वपूर्ण आंत माइक्रोबायोम में असंतुलन को ठीक कर सकते हैं, जिसका स्वास्थ्य आपके शरीर के हर हिस्से पर, जिसमें आपका वजन और समग्र मानसिक स्वास्थ्य शामिल है, दूरगामी प्रभाव डालता है। हालाँकि ये पूरक के रूप में उपलब्ध हैं, प्रोबायोटिक संस्कृतियों को अपने आहार में प्राकृतिक रूप से शामिल करना सबसे अच्छा है, जैसे कि किण्वित खाद्य पदार्थों—केफिर, दही या किमची—के माध्यम से। इसके अलावा, पर्याप्त पौधों का फाइबर और चीनी व शराब में कम आहार स्वस्थ आंत बैक्टीरियल संतुलन का समर्थन करेगा।

अध्याय 4 : अपने पोषण को हल्के से प्रेरित करें

- हालाँकि हम सभी स्वस्थ आहार के सिद्धांतों को जानते हैं, अच्छी आदतों को विकसित करने में समय और प्रयास लगता है।
- "नज थ्योरी" छोटे-छोटे बदलावों के बारे में है जो हम अपने पर्यावरण में कर सकते हैं ताकि वांछित व्यवहार को प्रेरित किया जा सके। हर चीज एक विकल्प है, लेकिन हम पर्यावरण में छोटे बदलाव करके सही विकल्प को आसान और स्वचालित बना सकते हैं।
- सुनिश्चित करें कि किसी भी व्यवहार के लिए हमेशा एक प्रतिक्रिया तंत्र मौजूद हो, और जटिल व्यवहारों व विकल्पों को यथासंभव सरल करने की कोशिश करें। नज के उदाहरणों में घर में स्वस्थ नाश्ते रखना, किराने की दुकान में आकर्षक गलियारों से बचना या व्यायाम को अपनी दिनचर्या की अन्य, अधिक स्थापित आदतों से जोड़ना शामिल है। सही ढंग से किया जाए, तो नज आपको बिना ज्यादा अतिरिक्त इच्छाशक्ति खर्च किए सही काम करने में मदद करता है!
- कैरोलिन अर्नोल्ड की माइक्रो-रिज़ॉल्यूशन अवधारणा हमें बताती है कि जब हम छोटे कदमों के प्रति प्रतिबद्ध होते हैं, तो बड़ी चीजें

संभव हैं। यदि आप सही दिशा में एक छोटा लेकिन विशिष्ट बदलाव करते हैं और उसका पालन करते हैं, तो इसका संचयी प्रभाव बहुत बड़ा हो सकता है।

- माइक्रो-रिज़ॉल्यूशन बनाने के लिए, एक लक्षित व्यवहार की पहचान करें, फिर बदलाव की ओर छोटे-छोटे वचन दें, और कुछ भी नाटकीय या अत्यधिक करने से बचें। छोटा सोचें, लेकिन रणनीतिक रूप से सोचें—ऐसा सबसे छोटा बदलाव करें जिसे आप जानते हैं कि आप अनिश्चितकाल तक निभा सकते हैं।
- हम जानते हैं कि दो कारक जो हमारे खाने के व्यवहार को प्रभावित करते हैं, वे हैं प्रकाश और तापमान। अपनी जैविक लय के साथ काम करना उनके खिलाफ काम करने से आसान है, और यह टिकाऊ व स्वास्थ्यवर्धक बदलावों की अधिक संभावना रखता है।
- न्यूनतम स्तर पर, सुबह जागने पर प्राकृतिक प्रकाश के संपर्क में आएँ, और देर रात तक कृत्रिम प्रकाश से बचें। इसी तरह, गर्मी और ठंड का उपयोग शरीर को जगाने या प्राकृतिक नींद के संकेतों को प्रोत्साहित करने के लिए किया जा सकता है।

अध्याय 5 : नींद का सच्चा महत्त्व

- जीवन का कोई भी क्षेत्र ऐसा नहीं है जो बेहतर नींद की दिनचर्या से बेहतर न हो, और इसका महत्त्व शारीरिक व मनोवैज्ञानिक स्वास्थ्य, दीर्घायु, मजबूत प्रतिरक्षा कार्य, और रचनात्मकता तक फैलता है।
- नींद कई जटिल कारकों से प्रभावित होती है, जिनमें आनुवंशिकी, उम्र, आदत, मौसम, और व्यक्तिगत प्रवृत्ति व प्राथमिकता शामिल हैं। इस क्षेत्र में बायोहैकिंग का मतलब केवल नींद से जुड़ी आजीवन बुरी आदतों को छोड़ना और अपने शरीर को हर शाम पुनर्जनन का उचित अवसर देना हो सकता है!

- नींद के बिना, हमारे मूड, संज्ञान, स्मृति, और समग्र जीवन शक्ति पर नकारात्मक असर पड़ता है। हम न केवल अच्छी नींद लेने पर बेहतर सोचते हैं, बल्कि हम अपनी भावनाओं को बेहतर ढंग से नियंत्रित कर पाते हैं और तेजी से सीखते हैं।
- सर्कैडियन रिदम प्राकृतिक, अंतर्निहित "जैविक घड़ी" है जो 24 घंटे के जागने/सोने के चक्र पर चलती है। चूँकि यह रिदम हार्मोन उत्पादन और रिलीज को प्रभावित करता है, यह शरीर के हर तंत्र और अंग पर असर डालता है। अपनी सर्कैडियन रिदम के साथ काम करना और उसे समर्थन देना इष्टतम नींद स्वास्थ्य की कुंजी है।
- अपने स्वास्थ्य में सबसे अच्छा और प्रभावशाली बदलाव जो आप कर सकते हैं, वह है एक नियमित नींद की दिनचर्या अपनाना। इसका मतलब है हर दिन एक ही समय पर जागना और सोना। अपनी प्राकृतिक लय पर ध्यान दें (संभवतः किसी ऐप का उपयोग करके निगरानी करें) और उसके अनुसार दिनचर्या तय करें। सप्ताहांत में देर तक सोने से बचें—जब बात नींद की आती है, तो निरंतरता वास्तव में कुंजी है।

अध्याय 6 : पक्की और गहरी नींद लें

- कम-से-कम इष्टतम नींद की दिनचर्या को बेहतर करने के कई तरीके हैं।
- पर्यावरणीय बदलाव में आपके शरीर की प्राकृतिक प्रकाश-चालित लय के साथ काम करना शामिल है; जैसे, जागने पर प्राकृतिक प्रकाश का संपर्क और सामान्य सर्कैडियन रिदम को बढ़ाने या बाधित करने के लिए कृत्रिम प्रकाश से बचना। आदर्श सोने का वातावरण सही तापमान वाला होना चाहिए और शोर या चमकदार गैजेट्स से अपेक्षाकृत मुक्त होना चाहिए, जो नींद को बाधित कर सकते हैं या तनाव व ध्यान भटकाने का स्रोत बन सकते हैं।

- अपने बिस्तर में सोने के अलावा कुछ न करें, ताकि आपका मस्तिष्क सही संबंध बना सके। बिस्तर में टीवी न देखें, काम न करें या सोशल मीडिया न ब्राउज़ करें; अगर नींद न आए, तो बिस्तर से बाहर निकलें ताकि आप उस वातावरण को अनिद्रा से न जोड़ें।
- जीवनशैली में बदलाव में नींद के लिए अनुकूल आहार और व्यायाम शामिल हैं; उदाहरण के लिए, सोने से पहले कॉफी, शराब या ज़ोरदार व्यायाम से बचना। दिन भर विश्राम तकनीकों का अभ्यास करें, लेकिन सोने से पहले एक दैनिक "शांत होने" की दिनचर्या भी अपनाएँ। इसी तरह, जागने की दिनचर्या भी एक स्वस्थ दैनिक रस्म हो सकती है। झपकियाँ ठीक हो सकती हैं, लेकिन ये हर किसी के लिए काम नहीं करतीं। अगर ये आपकी सामान्य नींद की समय-सारिणी को बाधित करती हैं, तो इनसे बचें।
- नींद के स्वास्थ्य के बारे में स्वयं को शिक्षित करें और लोकप्रिय मिथकों को भूल जाएँ, जैसे कि यह विचार कि आप चार घंटे की नींद पर बिना किसी नुकसान के काम कर सकते हैं। यद्यपि व्यक्तिगत अंतर होते हैं, अधिकांश लोगों को लगभग 7 से 8 घंटे की नींद की आवश्यकता होती है। आप "नींद के कर्ज" को झपकी या सप्ताहांत में अतिरिक्त नींद से पूरा नहीं कर सकते—इसके बजाय, जितनी जल्दी हो सके अपनी स्वस्थ दिनचर्या में वापस लौटें। उपाय हमेशा दिनचर्या में तुरंत वापस आना है, न कि "पकड़ने" की कोशिश करना।
- नींद की गोलियाँ कभी-कभार और अस्थायी समाधान हो सकती हैं, लेकिन इनसे बचना सबसे अच्छा है क्योंकि इनके कई नकारात्मक, अवशिष्ट प्रभाव होते हैं। अधिकांश नींद के नुस्खे लंबे समय में हानिकारक हैं; इसके बजाय, सबसे अच्छी रणनीति एक अटल दिनचर्या है।

लेखक परिचय

निक ट्रेंटन अमेरिका के इलिनॉय में एक फार्म पर बड़े हुए।

उन्होंने इकॉनमिक्स में बीएस और बिहेवियरल साइकोलॉजी में एमए किया।

निक को लोगों को निहारना (पीपल-वॉचिंग) पसंद है और वो खुद को इसमें एक्सपर्ट मानते हैं।

वो स्कीइंग के शौकीन हैं और दुनिया घूमने व खाने का शो होस्ट करने का सपना देखते हैं।

वो अभी शिकागो, अमेरिका में रहते हैं।

अनुवादक परिचय

शतरंज और शायरी के शौकीन अम्बुज कुमार खरे अनुवाद और संपादन में अपना कौशल गाहे-ब-गाहे आज़माते रहे हैं। यह पुस्तक उनका पहला प्रकाशित अनुवाद कार्य है।